The 117-Storey Treehouse

瘋狂樹屋117層

•超級故事大冒險•

安迪・格里菲斯 Andy Griffiths 著

泰瑞・丹頓 Terry Denton 繪

韓書妍 譯

咿—哈—

目次

推薦序　安迪和泰瑞玩起故事遊戲　周婉湘　7

第1章　瘋狂樹屋117層　11

第2章　會！不會！會！　43

第3章　泰瑞的愚蠢圓點故事（第一部）　59

第4章　泰瑞的愚蠢圓點故事（第二部）　81

第5章　快跑！快騎！　105

第6章　快開！等等！　127

第7章　故事監牢　149

第8章　小便便褲彼得的故事　177

第9章　戴帽子的啪噠　213

第10章　檔案國　241

第11章　檔案不見的檔案國　269

第12章　很大、很深的洞　285

第13章　最終章　321

安迪和泰瑞玩起故事遊戲

◎ 周婉湘（語文教育博士、《一起讀、一起玩》作者）

這是「瘋狂樹屋」系列的第九本書了，樹屋仍然繼續往上蓋，作者和插畫者的創意也衝上雲霄。「瘋狂樹屋」系列一直是我們家兩位男孩很喜愛的作品，去年作者安迪・格里菲斯曾來我們所居住的美國矽谷地區辦簽書會，我們很幸運能在當地的書店一睹他的風采，安迪果然人如其書，本人也是非常幽默的冷面笑將，面對小讀者的各式問題，他的回答總是讓全場聽眾爆笑連連。

「安迪」既是本系列的作者，也是書中的角色，故事裡的安迪也是作家，他和插畫家泰瑞一起住在樹屋裡，而樹屋裡那些瘋狂的樓層和房間，似乎象徵著作者和插畫家豐富的想像力。這系列的每本書都有類似的架構，除了每次樹屋會增加十三個新的瘋狂樓層之外，在每本書的開頭，故事的敘事者安迪總是會介紹自己的職業是寫書，安迪負責寫文字，泰瑞負責畫插畫，並且在每集故事裡，他們都一邊經歷各種瘋狂的冒險，一邊完成故事，努力趕在截稿時辰前，把新作交給出版社的編輯大鼻子先生。除了上述這些固定的架構之外，這套書的每一本都是不同「文類」的故事，有海盜冒險、有保姆日記、有時空旅行、有幻想王國，也有影劇故事。

這次在《瘋狂樹屋117層樓：超級故事大冒險》裡，安迪和泰瑞打破了前幾集既有的模式，插畫家泰瑞也想成為故事的敍述者和書的文字作者，兩人玩起了「後設小說」類型的故事，書裡的角色穿越故事，進入其他書本的世界，並且向幾位能寫又能畫的經典童書作家／插畫家致敬，包括《彼得兔》的作者碧雅翠絲．波特、《野獸國》的作者莫里斯．桑達克，以及《戴帽子的貓》作者蘇西博士，讓這幾位作者和他們創作出來的角色都成了這本書裡的角色。

其實「瘋狂樹屋」系列本身的設定就有著「後設小說」或「書中書」的概念，角色安迪和泰瑞每次都會在故事的最後畫出他們創作書的過程，模糊了「真實的作者安迪」與「書中的角色安迪」之間的界線。這次文字作者安迪也真的參與插畫，畫了書中的點、線、形狀那幾個頁面，而這一段故事也讓人聯想到像是《小黃點》、《阿羅有枝彩色筆》這類以點、線、形狀為主題的繪本，也是另一種向經典致敬的手法。

這套也快要成為經典的「瘋狂樹屋」系列，是正在學閱讀的孩子很容易上手的橋梁書，書中圖文交替，讓剛從繪本閱讀跨入文字書的小讀者覺得易讀又有趣。我們家的兩位男孩從小一就開始閱讀這套書的英文版，每次澳洲的出版社一推出新書，我們總是想辦法趕快取得新作。家裡的書很多，但是這一套一直是他們會從書架取下一讀再讀的作品，老大現在已經小四了，依然很愛讀這套書。除了可以讓孩子愛上閱讀，這套書還免費贈送另一個超級能力喔，就是讓孩子能夠輕易記得數字十三的倍數！

嘶—！

第1章

瘋狂樹屋117層

嗨，我是安迪。

這是我的朋友泰瑞。

我們住在樹上。
不要在樹上
啃洞！
你這隻
笨蛋啃樹蟲！
不理你！

雖然我說住在「樹上」，其實我是指樹屋。而我說的樹屋，不是隨便的老樹屋，這可是一百一十七層的瘋狂樹屋呢！（之前樹屋有一百零四層，不過我們又加蓋了十三層！）

你還在等什麼？

快上來吧！

大帳篷
馬戲團
開心的
馬啼
後備企鵝
大鴨
樹屋飛天觀光巴士
巨型格鬥機器人競技場

風箏山丘
完蛋
之門
樹屋飛天
觀光巴士
1
說個
不停！
TT
樹屋
駕訓班
嘶啊！
TT·001

我們增加了迷你馬樓層，

你知道你不是馬嗎……
啥？
你認識黃金馬朋友嗎？
嗨！
吉兒，妳好高喔。
頁碼可以吃嗎？
我吃太多了。

迷你馬咬我！
嚼！
嚼！
咿～哈！
這隻迷你馬
好～強壯啊！
哈囉！
可是你好重。
哇，
真是好大
一口草啊！
哈囉！
超迷你馬
第19頁

專門開睡衣派對的房間，

內褲博物館，

恐龍連身內褲
三腿內褲
炸掉內褲由此進＊
＊內褲就是穿在衣服裡面的褲子
大象內褲
長頸鹿內褲
飛翔內褲
充氣式內褲
嘿，安迪，我的內褲出名啦！
啥！
轟
發霉內褲
憤怒內褲
汽車內褲
機器人內褲
鯨魚鋼鐵內褲
烏賊內褲
馬內褲
喂，快回來啊！
媽，我可以買這款內褲嗎？
扁平內褲
嘻嘻！
火箭發射內褲
殺手內褲
老鼠內褲
落跑內褲

一臺亂入快照亭，

一間等候室，

我是山羊。
說個不停……
我知道你是。
我們在等什麼？
NEWS
Z
等啊等！
等啊等！
有跳蚤！
馬毛大衣！
哼！
我究竟為何而等？
等待中
我在等什麼？
等待果陀
嘶！嘶！
塑膠火鶴小姐，請問妳在等什麼？
乾杯！
等候室
請在這裡稍候

一間二十四小時旅客詢問處、

一臺配備企鵝動力的飛天觀光巴士，以及禮品部，

我以為企鵝不會飛。
你說得沒錯，我們不會飛。
樹屋飛天觀光巴士
下一場祕密實驗室導覽將於五分鐘後開始。
救命！
麥斯，我在上面。
禮品部
媽媽，快看，是藍鯨！
泰瑞
吉兒
絲絲
絲絲的娃娃車
安迪
爸，我可以買安迪公仔嗎？
挑戰鼻王拳擊賽
我們真的會飛嗎？
抱歉！
腿骨
我絕對不要搭那臺巴士！
小聲點，華納！你會害乘客緊張。
最後5回合
樹屋飛天觀光巴士 ③

完蛋之門（請勿開啟，否則你就會澈底的完蛋！），

一座大帳篷馬戲團，裡面有吞火人、吞劍人、馴椅師、雜技員和小丑，

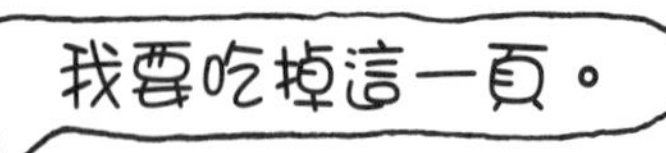

任你吃到飽包括家具樓層，絕對全部任你吃，尤其是家具也任你吃喔！

一座放風箏山丘

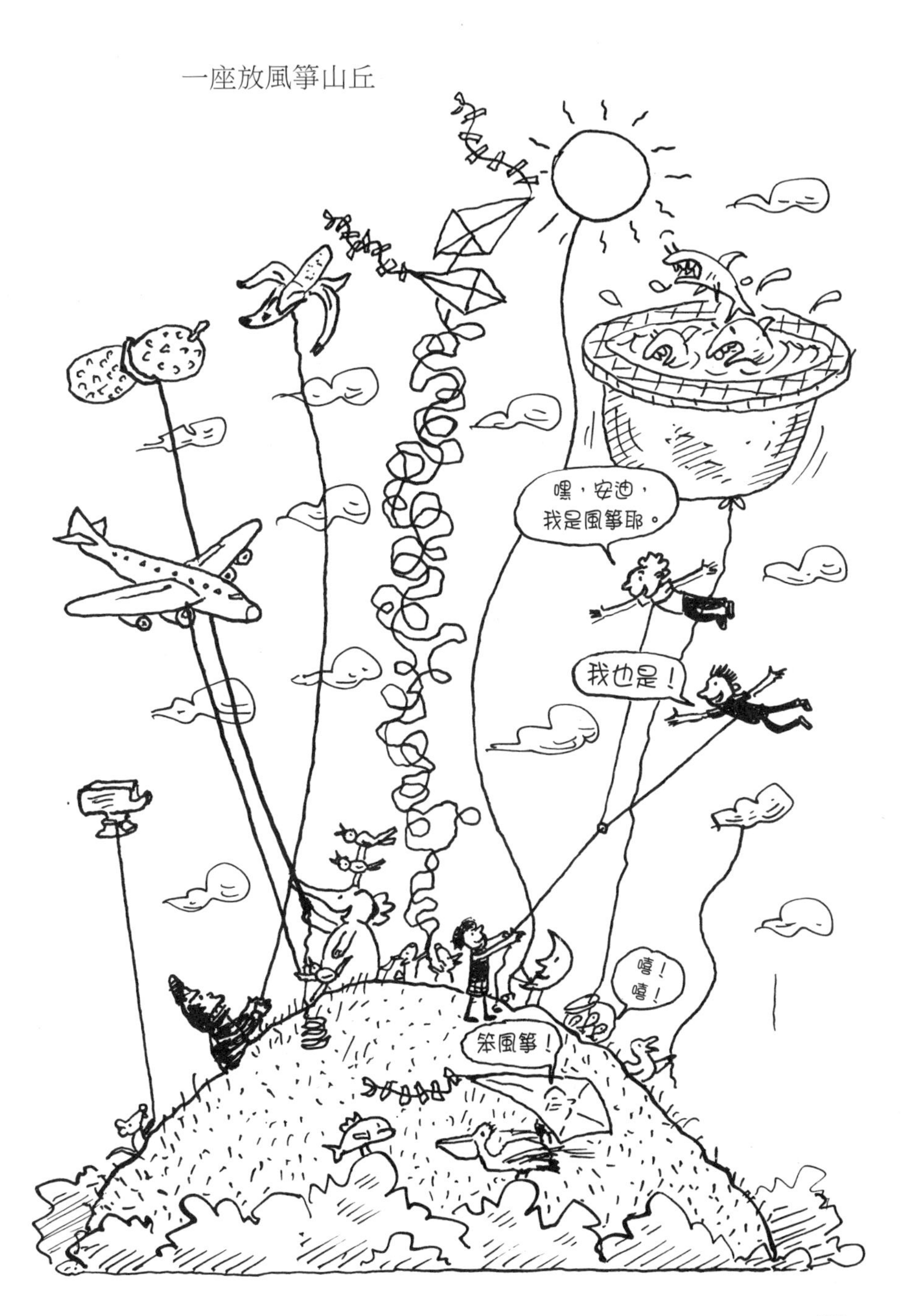

一間駕駛訓練班，
加油站
旅館
Z
嘻嘻！

安迪，
別擋路。
!
糟糕！
學校
出不來啊，
我卡住了。
時間到，你
該下車了。
嘎蹦！
糟糕！
31

巨型格鬥機器人競技場，
最後一擊！

還有一座到處都是食人魚的滑水公園——千萬別掉進水裡喔！

！咬！咬！
大口嚼！
喂，不要吃我，我也是食人魚耶！
食人魚湖
咬！
抱歉！
咬！
咬！
我也是
我也是食人魚！
我也是
他被啃到愈來愈矮了！
咬！咬！

樹屋不只是我們的家，也是我們一起創作的地方。我寫故事，泰瑞畫圖。

如你所見，我們從事這一行已經好一陣子了。

有時候，狀況會變得有點瘋狂……

糟了！
啊啊啊啊啊啊啊啊！
笨牛，
快讓開！
Z!

碰隆撞飛！
Z
安迪，
救命啊！

不～～～～～！
呃！
哎！

但是無論如何，我們最後總是能寫完書。

第2章

會！不會！會！

如果你和我們大多數的讀者一樣，或許你心裡正在想：為什麼每次都是我在說故事，而不是泰瑞呢？

「對呀！」泰瑞說：「我也一直在想這個問題。為什麼我不能說故事？」

「因為我是說故事的作家，」我說：「而你是畫畫的插畫家——就是這樣！」

「你明明就知道，我也會說故事啊。」泰瑞說。

「不，你不會。」我說。

「會，我會！」泰瑞說。

會！

正當我要準備吼出更大聲的「不會」時，吉兒來了。

「你們在吵什麼呀？」她說。

「泰瑞說他會說故事，然後我說他

「比起一直大吼大叫，還有更好的解決方式吧。」吉兒說。

「真的嗎？」我說：「什麼方式？」

「讓泰瑞說個故事看看，就知道啦。」吉兒說。

「不過他是畫畫的人。大家都知道畫畫的人不會說故事啊！」

「並不是，」吉兒說：「你想想麋鹿博士，他自寫自畫了《戴帽子的啪噠》！」

「還有大家耳熟能詳的貝翠絲・波提！」吉兒說：「我好愛她的動物故事 —— 她也是既能寫故事，也很會畫畫的作者呀！」

鈴！鈴！
鈴！鈴！
鈴！鈴！

「噢，是我們的視訊電話。我最好接起來。」

「希望不是大鼻子先生。」泰瑞說。

「我也希望不是。」我說。

我接起電話。正是編輯大鼻子先生！

「故事怎麼還沒開始？」他說。

「因為，」我說：「泰瑞說他想要寫故事，而我正在解釋插畫家不會說故事，因為那是作家的工作。」

「真是胡說八道！」大鼻子先生說：「別忘了波里斯・彎背克，他的《檔案國》是最受喜愛的童書，是辦公室歸檔界的不朽經典……而且他既是作家，也是插畫家！」

「沒錯，」我說：「那很好，可是……」

「沒有可是，」大鼻子先生說：「如果泰瑞想說故事，就讓他說 —— 也許他會像波里斯．彎背克一樣創造出經典呢。不過你們要保證，今天下午五點之前稿子會出現在我的辦公桌上……否則你們都會被歸檔在『ㄔ』—— 也就是『炒魷魚』！」

「別擔心，」我說：「我們會搞定。」

「你們最好說到做到！」大鼻子先生說。

視訊電話掛斷了。

「耶！」泰瑞說：「大鼻子先生同意我可以說故事！」

我搖搖頭：「你確定？說故事並不像表面上這麼簡單，你知道嗎？你可能會惹出很多麻煩。如果做錯了，故事警察可能會逮捕你，把你扔進監牢裡。」

「為什麼？」泰瑞問。

「因為犯了故事罪啊。」我說。

「我不相信，」泰瑞說：「才沒有什麼故事警察咧。」

「真的有！」我說：「如果你說了他們不喜歡的故事，他們就會追捕你，到時候你就會後悔莫及。」

「你說這些，只是因為你不想讓我說故事。」泰瑞說。

我說：「才不是，故事警察真的存在。吉兒，妳相信我，對吧？」

「不太相信。」吉兒說。

「好吧，」我說：「那你說個故事吧，泰瑞。但是先說好，到時後別怪我沒警告你。」

「好，那我開始了……」泰瑞說。

一開始

有一個……

嗯……嗯……

這個嘛……

現在，呃……啊……

這個嘛……是這樣的……

你知道……嗯嗯……

對啦……我的意思是……

這樣說好了……對……

嗯……是……

現在……呃………

有一個……然後……

好吧……啊……說到……

呃……就是……

對啦……沒錯、沒錯……

這樣說吧……嗯……

……讀者們，可以給我幾分鐘嗎？

我馬上回來。

「泰瑞，怎麼了？」吉兒說:「為什麼故事停下來了？」

「妳應該要問故事為什麼還沒開始吧？」我說。

「這個嘛，問題就在這裡！」泰瑞說：「我不知道怎麼開始。安迪，你可以幫幫我嗎？」

我說：「你可以試試用『從前從前』開頭。對初學者來說很好用。」

「謝啦！」泰瑞說：「你真是個好朋友，朋友！真是個很夠朋友的朋友。真的超夠朋友的……」

「好了、好了，趕快開始就是了。」我說：「讀者快要不耐煩了。都已經到了第二章的結尾，這個故事竟然還沒有開始！」

「放輕鬆，安迪。」泰瑞說：「我立刻開始。」

第3章

泰瑞的愚蠢圓點故事（第一部）

從前從前，

有一個……

小圓點。

●

這個小圓點
很孤單……

不過，
接著出現了
另一個小圓點……

所以，
現在有
兩個小圓點了！

這兩個小圓點墜入愛河……

生了許多圓點寶寶。

很快的，

又多了很多圓點。

有了更多更多
圓點！

這個故事要
說什麼？

還有更多更多
更多圓點！

「哇！」我說：「所以這是一個驚心動魄的圓點故事嗎？」

「安迪，別打斷他，」吉兒說：「讓泰瑞繼續說下去嘛，而且我喜歡圓點！」

「這根本不是什麼故事！」我說：「你只是一直畫圓點而已呀。」

「沒錯，」吉兒說：「但這故事怪吸引人的。接下來發生了什麼事呢，泰瑞？」

好吧，呃，然後，
圓點開始聚在一起，
變成了線條！

很快的，
就出現了很多線條！

有了很多很多線條！

還有很多很多
很多線條！

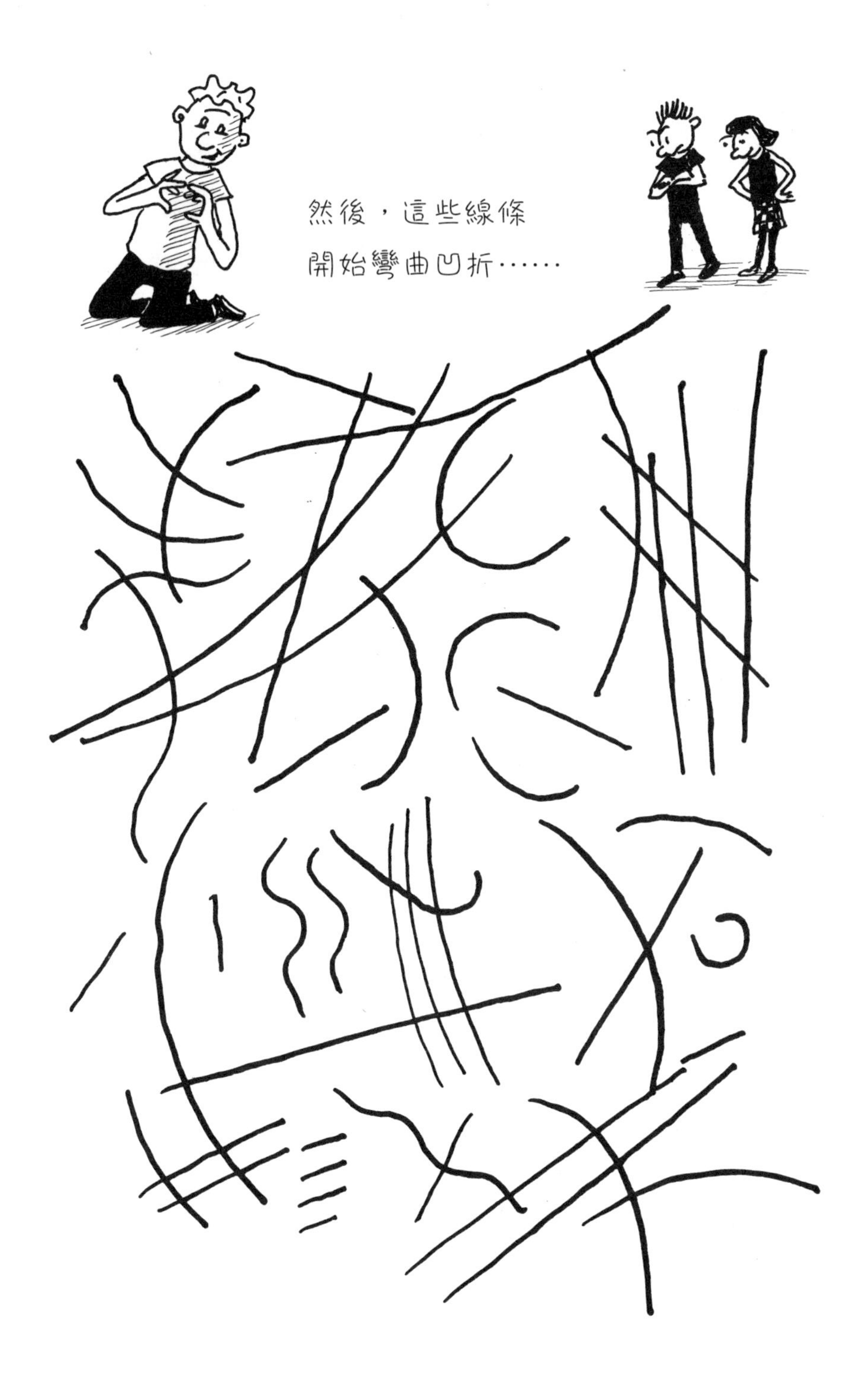
然後，這些線條
開始彎曲凹折……

並且連結在一起
變成……各種形狀！

有了很多不同的形状！

還有各種各樣的形狀！
他瘋了嗎？

接著是更多更多
更多形狀！
也許喔！

「泰瑞，不好意思。」我說：「我不是要沒禮貌，但是這個故事有劇情嗎？我的意思是，接下來會發生什麼事嗎？」

「當然會啦，安迪！」泰瑞說。

「真的嗎？」我說。

「真的！」他說。

「什麼時候？」我說。

「當然是在第二部啦！」泰瑞說。

第4章

泰瑞的愚蠢圓點故事（第二部）

嗨，我的名字叫泰瑞。歡迎來到我精采圓點故事的第二部。

如果你和大部分的讀者一樣……

「快點說故事！」我說

「好吧。」泰瑞說。

這個嘛，沒過多久，形狀就開始結合，變成了更複雜的形狀——就像這樣⋯⋯

還有這樣……
糟了！

甚至這樣！

不過一旦開始，

它們就停不下來。

這些形狀不斷的擴張……

繼續擴張……

一直擴張……

直到

全部爆炸——
碰咚咖

啷噹!

「糟了。」泰瑞說。

「發生什麼事了？」吉兒說：「為什麼一切都變得好奇怪？我感覺怪怪的。」

「妳看起來也怪怪的。」我說。

「你也是。」吉兒說。

「噢不，」我看著自己的身體，我變成一堆隨機的形狀了。「泰瑞，你做了什麼好事？」

「我沒做什麼呀。」泰瑞說：「你本來就是一堆形狀所組成的人體！你還是你，只是形狀不太一樣了——應該是說，非常不一樣！」

「我不想變成不同的形狀啊！」我說：「我想要變回原來的樣子。我就知道不應該讓你說故事！」

「安迪，別對他這麼嚴厲嘛。」吉兒說：「故事還沒結束呢。泰瑞，接下來會發生什麼事呢？」

「嗯……呃……啊……」泰瑞說：「我不知道。」

「那真是太棒了！」我說。

吉兒轉向我說：「安迪，那你覺得應該發生什麼事？」

「我怎麼會知道？」我說：「這個蠢故事是泰瑞的，又不是我的！」

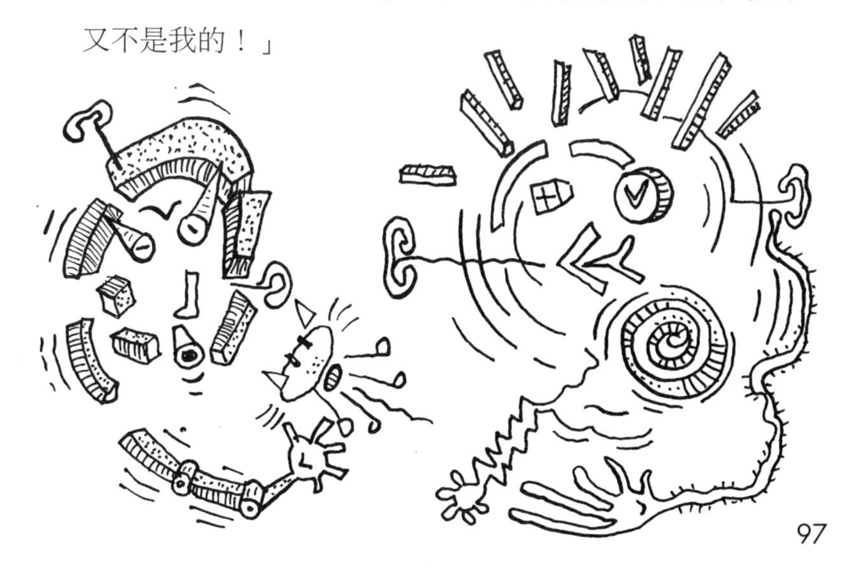

「總要有人做點什麼吧。」吉兒說：「看看我的動物！牠們也變得好奇怪！真像一場夢，一場很糟糕的夢！」

「就是這個，吉兒！」我說。

「哪個？」吉兒問。

「『這是一場夢』就是結束故事的關鍵。」我說：「這不是結束故事最好的方法，但要是真的無計可施，這就是唯一能做的了，而且現在正是緊急狀況！」

我清清喉嚨，用最快的速度說故事。

突然間，我們全都醒過來，發現一切只是一場夢，一場非常愚蠢的夢！

「你成功了！」吉兒說：「我們恢復正常了！」

「是啊，」我說：「不過，要是沒有吉兒，我也辦不到。是妳給我靈感的。」

「你沒有我也辦不到！」泰瑞說：「這一切是從我的小圓點開始的！」

我說：「是沒錯，不過，是我的結局結束這一切，救了我們。」

「其實，我不太確定耶。」吉兒說。

「為什麼？」我說。

「你看，」她指著地面說：「故事警察來了——真的有故事警察！」

「我就說吧！」我說。

「媽呀！」泰瑞說。

「快開門！」一個聲音叫道：「我們是故事警察。剛才接獲通報，這座樹屋有一個愚蠢的圓點故事，結局是違法的『這只是一場夢』，你們是頭號嫌疑犯。樹屋已經被包圍了！」

「現在該怎麼辦？」泰瑞說。

「開門讓他們進來。」吉兒說：「好好解釋事情發生的經過，他們一定會理解。」

「不會，」我說：「那樣行不通的。他們不是普通的警察，是故事警察耶——他們非常嚴格。我們必須想出不同的結局，否則就有大麻煩了！」

「你有什麼點子嗎？」泰瑞問。

「有，」我說：「快跑啊！」

第5章

快跑！快騎！

於是，

我們開始落跑。

我們跑上。
砰！
我們跑下。

我們跑直線。

我們跑圈圈。

我們跑了一圈……
我們正在
逃離故事
警察！
快準備
好了！
滾燙
的油
又跑一圈……
MAZE OF DOOM
噴！

又跑一圈……

再跑一圈。

我們跑高。

我們跑低。

我們跑快。

我們跑慢。

我們繼續跑……
等等我！
夾腳拖！
繼續跑……
巧克力瀑布

繼續跑……
ㄉㄨㄢ！
ㄉㄨㄢ！
字
貓
彈跳的東西
再繼續跑。
好喘！
流汗
臉紅

「停！」泰瑞彎腰喘氣的說：「我需要休息！」

「我們必須繼續跑，」我說：「故事警察就在後面。」

「進來這裡！」吉兒打開迷你馬牧場說：「快，但是小心別踩到迷你馬！」

我們踮著腳尖走進去。

迷你馬奔向我們。

「牠們好可愛唷。」泰瑞說：「如果牠們大到能騎就好了。」

「牠們可以騎呀。」吉兒說：「看好了。」

她悄聲嘶嘶叫，迷你馬全都聚集過來……

集合成一匹正常尺寸的迷你馬馬！

吉兒爬上馬背說：「你們快上來。別站在那發呆，跳上來吧！」

我們跳上馬，加入吉兒。就在這時候，故事警察的警車撞開了門，駛進牧場。

「駕！」吉兒說。

迷你馬馬在她的命令下，奔向牧場的邊緣，一躍而過圍欄！

我們在下一層樓落地，跑進內褲博物館。

我們的迷你馬馬在博物館的展間裡碰碰撞撞，衝開一條路。

很快的，我們，以及我們的迷你馬馬——全身都披滿了內褲。

「古代的頭戴內褲日一定就像這樣吧！」泰瑞從一大條舊式長內褲中鑽出頭來。

我們的迷你馬馬穿過博物館，從另一端跑出去，衝進了大帳篷馬戲團的帳篷。

我們繞著圓形場地跑，觀眾高聲歡呼。

他們以為我們是表演的一部分！

我們身後傳來吵鬧的喇叭聲。我環顧四周，後面有大約二十個小丑堆疊在一輛小小的小丑車上，追逐著我們。觀眾大笑鼓掌。

「希望那些小丑別再按喇叭了。」吉兒說：「迷你馬不喜歡喇叭聲。」

吉兒說得沒錯。迷你馬馬因為害怕，開始搖晃，顫抖個不停。

迷你馬散落一地，我們背朝下摔進木屑堆。於是迷你馬往各個方向逃竄。

我們聽到故事警察的警鈴聲。

「噢不！」泰瑞說：「故事警察來了！」

小丑車在我們身後緊急煞車，所有的小丑蜂擁而下。

「快，」其中一個小丑說：「開這臺車。我們會用彩紙大砲拖住警察，你們趁機快逃。我們和你們一樣，不喜歡故事警察——他們比搞笑警察更討人厭！」

「謝啦！」我說。

我們跳上車，我抓住方向盤，發動引擎。

衝出帳篷時，我聽見後方傳來彩紙大砲的轟然巨響，還有觀眾們的歡呼聲。

第6章

快開！快等！

我們開出帳篷，駛向樹枝車道，穿過亂入快照亭，直直開向樹屋駕訓班。

我看看身後。故事警察緊追不放。

「安迪，開快一點！」吉兒說：「他們要追上來了！」

「好，抓緊了！」我說：「我可能會打破幾條駕駛訓練班的規則。」

我猛力一轉方向盤，開進另一個方向的車道。

「小心那臺滿是兔子的公車！」泰瑞大叫。

我開回車道。等兔子巴士呼嘯而過，我再度開回對向的車道。

「小心！」吉兒說：「前面有鴨子正在過馬路——現在鴨子全家都在過馬路！」

「抓緊了，」我說：「我們
要開離道路了！」
我猛然衝出道路，
小丑車打滑了⋯⋯

然後重重摔到了駕訓班樓層的邊緣。

我們不斷不斷不斷往下掉，直到……

撞破了等候室的屋頂，我們才停下來。

「立刻給我下車！」櫃檯的女士大吼：「這裡是等候室，可不是開車的地方！」

「抱歉。」我說。

我們跳下車，跑向通往出口的房間。

「停！」櫃檯女士說：「你們必須等叫到名字才可以離開。」

「可是我們沒有時間等了。」我解釋。

「那麼你們就不應該來這裡！」她說。

「我們別無選擇，」我說：「故事警察在追我們。他們很快就會追到這裡了！」

「那他們也只能等，」她說：「沒有例外！」

想當然，故事警察沒多久就到了。

「給我站住！」警長說：「你們全都被捕了！」

「誰都不准逮捕誰！」櫃檯女士堅決的說。

「但是這些人是危險的罪犯！」警長說。

「就算這樣，」櫃檯女士說：「這裡不是什麼逮捕人的地方——這裡是等候室，你必須等叫到你的名字才能離開。規則就是這樣，我認為你身為公權力的成員，應該樹立好榜樣。」

「噢，好吧。」警長發著牢騷說：「我們就等吧。」

我們等……

等……

等……

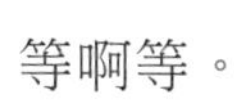

等啊等。

我們等高。

我們等低。

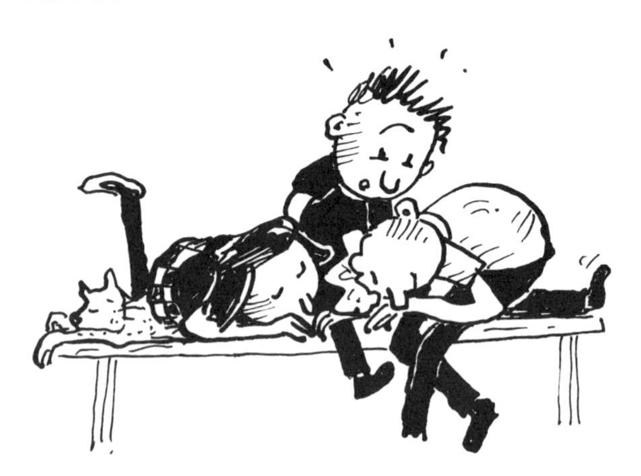

我們等快。

我們等慢。

我們不再等……

不再等……

不再等……

不再等。

「安迪、泰瑞，還有吉兒？」櫃檯女士說。

我們全都跳了起來。

「是，我們就是！」我說。

「可以離開了。」她說：「感謝你們的等候。」

警長跳腳說：「不！別讓他們跑了！」

「請坐下等候，還沒輪到你。」櫃檯女士說：「你很清楚，他們比你先到。」

「但是……」警長氣急敗壞的說。

「沒有例外！」櫃檯女士說：「規則就是這樣。」

我們跑出等候室，往樹枝下方跑到……完蛋之門！

泰瑞伸手要拉門把。

「泰瑞，不要！」我說：「別打開！」

「為什麼不行？」他說。

「因為那是完蛋之門，」我說：「如果進去，你就完蛋了！」

「但是，如果待在這裡，只會更完蛋——故事警察會抓走我們。」泰瑞說：「走吧！」

他打開門，跑了進去。

門在他身後「碰」一聲，猛然關上。

吉兒和我震驚的互看。

「我不敢相信，他竟然進去了！」我說：「我告訴他千萬不要打開完蛋之門，現在他不但打開了，還跑進去！」

我們聽見吵雜的腳步聲和哨子聲。故事警察追來了！

吉兒把手伸向門把。

「妳要做什麼？」我說。

「當然是進去啊。」她說。

「可是這是完蛋之門耶！」我說。

「我知道，」吉兒說：「但是泰瑞已經進去了。如果我們要完蛋，一起完蛋比較好。來，走吧！」

她說得有道理。這確實是完蛋之門，但泰瑞和吉兒是我的朋友。

吉兒打開門，踏了進去。

我深吸一口氣，跟在她身後……

第7章

故事監牢

我們走進一間監牢！

完蛋之門在背後「碰」一聲關上。

「安迪！吉兒！」泰瑞跑向我們：「真高興你們在這裡！我以為我完蛋了，要永遠一個人關在這裡！」

「可是你只早進來了幾秒鐘耶。」我說。

「真的嗎？」泰瑞說：「我感覺過了好久。」

「肅靜！」鐵欄另一邊的暗影中，傳來一道聲音。

「是誰在說話？」吉兒說。

「是我，」故事警長走近了我們的監牢：「你們以為逃得過，是嗎？現在抓到你們啦！」

「你不能毫無理由就抓人呀！」我說。

「噢，我當然有理由。」警長說：「而且還是非常充分的理由。你們在此被起訴，你們違反了合法說故事的條款，包括使用怪異的劇情，荒謬的角色，愚蠢的名字，無意義的重複……」

警長繼續說：「我再重複一次『無意義的重複』，也就是同一個地方的細節過多，其他地方細節不足，以及缺乏有意義的主題，糟糕的飲食習慣，幾乎不可能成功的逃亡，不必要的暴力，浪費時間的追逐，最糟糕的是——陳腔濫調的結局，像是『這一切只是一場夢……』，還需要我繼續說下去嗎？」

「我可以解釋！」我說

「不用向我解釋，」警長說：「去向法官解釋吧。」

警長打開監牢的門……

然後帶我們到故事法庭……

帶我們到被告席。

「故事法庭命令！」執達員說：「現在開庭。由南瓜・司康法官主持。」

「我反對！」泰瑞說。

「反對什麼？」南瓜・司康法官說：「審判根本還沒開始。」

「我就是反對這個。」泰瑞說：「我不希望審判開始。」

「你在你的糟糕故事犯法之前，就應該想清楚這點。」法官說：「你想要為自己辯護什麼？」

「那個故事才不糟糕。」吉兒說

「這要由我裁決，」法官說：「而我宣布——那個故事很糟糕。結案。我判你們全體坐牢十億年！帶走犯人！」

南瓜．司康法官用力敲木槌：「退庭。」

我們被帶回監牢。

警長把我們推進去，鎖上門，鑰匙扔出窗外。「十億年後見啦。」他大笑，揚長而去。

「十億年是多久？」我問：「感覺好像很久。」

「非常久。」泰瑞說：「是一百萬個一百萬年。」

「其實，」吉兒說：「你再想一想，就會發現十億是一千個一百萬，而不是一百萬個一百萬。」

「噢，感覺似乎沒有這麼糟嘛。」我說：「我不太懂數學，不過我很清楚一千比一百萬少多了！」

「是沒錯，不過我們是在說年！」泰瑞說：「還是一千個一百萬年，一千個一百萬年是很長的時間。我一定要逃出去，不然我會發瘋！我受不了像這樣被關在這裡！」

「冷靜點。」我說：「我們必須想辦法離開這裡，而不是驚慌失措。」

「也許我們可以挖隧道逃走？」吉兒說。

「這個嘛，是可以。」泰瑞說：「但我們身上沒有任何可以挖洞的東西。」

吉兒說：「泰瑞，你的鉛筆湯匙呢？你有帶在身上嗎？」

「有耶。」泰瑞說：「在我的鼻子裡面，我總是放在那裡，但是塞得很深。我必須打噴嚏才噴得出來。誰有胡椒粉？」

我看了看四周。「有耶，」我說：「那裡有一堆胡椒粉。」

我抓起一把胡椒粉，往泰瑞的臉上吹。

泰瑞的頭往後仰，「哈、哈、哈——哈啾！」

鉛筆湯匙從泰瑞的鼻孔飛出來，落入他手中。他立刻跪在地上，開始用鉛筆湯匙的湯匙端在地上挖。

他挖……

再挖……

繼續挖……

再挖……

再挖……

繼續挖……

再挖……

再挖……

繼續挖……

再挖……

再挖……

繼續挖……

再挖……

再挖……

繼續挖……

再挖……

再挖……

繼續挖……

再挖⋯⋯

再挖⋯⋯

繼續挖⋯⋯

再挖⋯⋯

再挖⋯⋯

繼續挖⋯⋯

再挖⋯⋯

再挖⋯⋯

繼續挖⋯⋯

再挖⋯⋯

再挖⋯⋯

繼續挖⋯⋯

「進行得如何？」我問：「挖好隧道了嗎？」

「還沒有。」泰瑞說：「但是洞已經深到可以放進一小節手指了，你看。」

「很好，」我說：「繼續挖！」

他挖……

再挖……

繼續挖……

再挖……

再挖……

繼續挖……

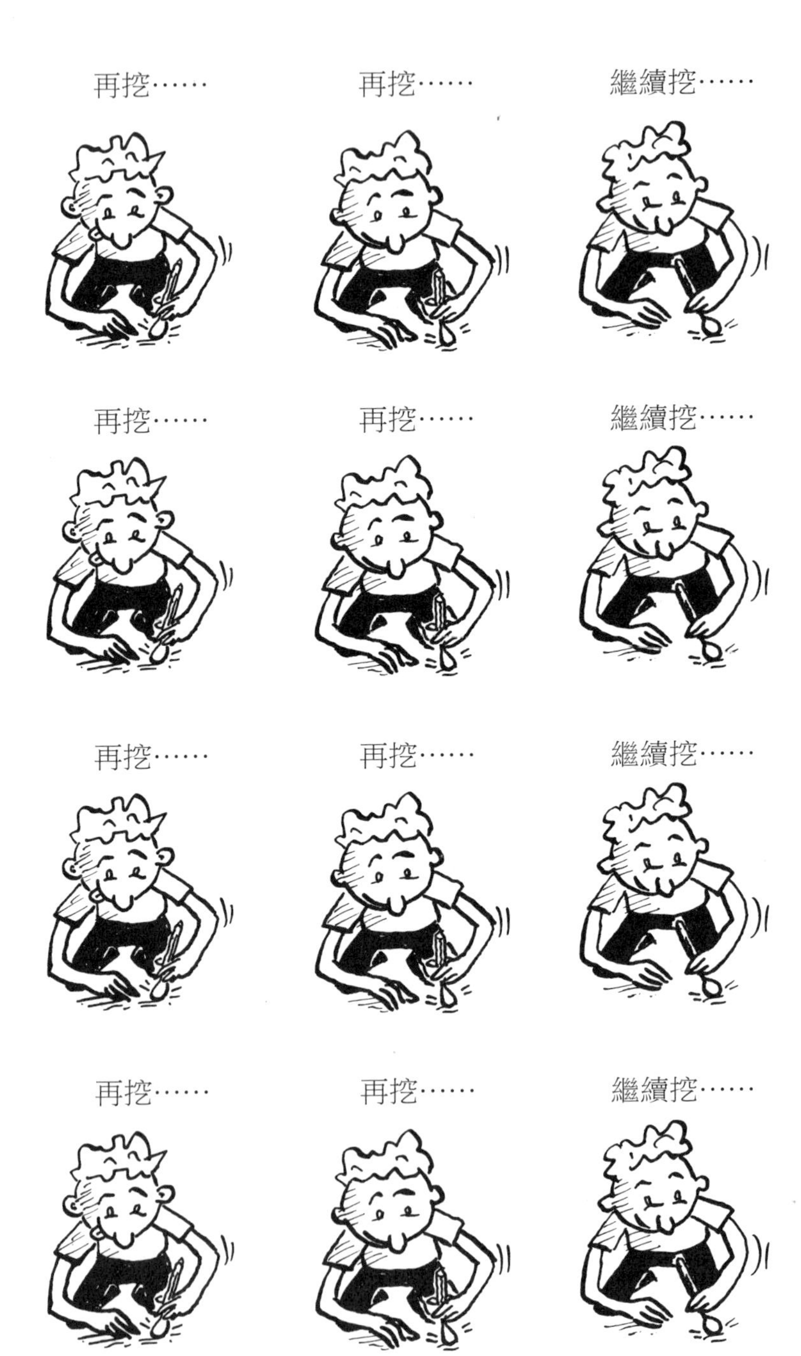

再挖……
再挖……
繼續挖……
再挖……
再挖……
繼續挖……
再挖……
再挖……
繼續挖……
再挖……
再挖……
繼續挖……

再挖……

再挖……

繼續挖……

再挖……

再挖……

繼續挖……

再挖……

再挖……

繼續挖……

再挖……

再挖……

繼續挖……

「挖完了嗎？」我問。

「還沒。」泰瑞說：「不過洞變深了。現在可以放進半根手指頭了呢！」

「挖得好，泰瑞！」吉兒說：「繼續挖吧！」

他挖……

再挖……

繼續挖……

再挖……

再挖……

繼續挖……

再挖……

再挖……

繼續挖……

再挖……

再挖……

繼續挖……

再挖……

再挖……

繼續挖……

再挖……

再挖……

繼續挖……

再挖……

再挖……

繼續挖……

再挖……

再挖……

繼續挖……

再挖……

再挖……

繼續挖……

再挖……

再挖……

繼續挖……

再挖……

再挖……

繼續挖……

再挖……

再挖……

繼續挖……

再挖……

再挖……

繼續挖……

再挖……

再挖……

繼續挖……

「你挖完了嗎？」吉兒問。

「還沒。」泰瑞說：「不過，現在可以放進一整根手指頭了。」

「根本沒有用！」我大叫：「這至少要花上十億年……可能甚至要十億個十億年，而且我們只要關一千個十億年！我一定要逃出去，我要瘋了！我受不了一輩子被關在這裡！」

泰瑞仔細端詳他的鉛筆湯匙，說道：「我有更好的主意。我們可以用圓點。」

我說：「噢不！別再用圓點了！這一切麻煩全都是圓點造成的。」

「至少先聽聽他的主意嘛。」吉兒說：「我也不想再繼續被困在這裡。我一定要逃出去，我要瘋了！我受不了一輩子被關在這裡！」

「吉兒，妳放心。」泰瑞說。他將鉛筆湯匙轉向，用鉛筆那一面，在地上畫了一個很大的圓點。

「這有什麼用？」我說。

「這是逃生艙口。」泰瑞一邊說，一邊在圓點上畫了一個把手。他拉起把手，拉開洞口，一把梯子伸進不見底的黑暗中。

「可是，這通到哪裡去？」我問。

「離開這裡呀。」泰瑞已經站在梯子上：「只要不用待在這裡都好。」

「我也這麼覺得。」吉兒說，跟在泰瑞身後往下爬。

我聳聳肩，跟著他們下去，然後關上艙門。

我們爬下梯子，進入隧道。

接著我們壓低頭，開始手腳並用，爬行前進。

第8章

小便便褲彼得的故事

我們爬行，然後爬行，然後爬行，然後爬行。

我們爬快。

我們爬慢。

我們爬高。

我們爬低。

我們爬、爬、爬，繼續爬……直到看見一絲光線。

「終於！」我說：「自由啦！」

我們爬出隧道，在一大片菜園中央。

一隻身穿藍色外套和咖啡色褲子的小兔子跳向我們，說道：「快跟我來，麥抓兔農夫就要來啦！」

「誰是麥抓兔農夫？」泰瑞說。

小兔子指著一位滿臉通紅，氣呼呼朝我們跑來的農夫。「就是他！」

「等我的抓兔手抓到你，小便便褲彼得！」農夫怒吼：「你就後悔莫及啦！」

我們跟在小兔子身後，奮力奔跑。

「快點，躲進這裡！」兔子跳進一個大木桶。

我們跟著牠躲進去。

「噓！」牠的兔掌放在嘴脣上說：「不要發出任何聲音。」

我們聽到憤怒的農夫碰碰碰的走過。

兔子從木桶探出頭窺看。「他走了。但是我們要在這裡再待一下……以防萬一。」

「為什麼他這麼生氣？」吉兒悄聲問：「誰會對這麼可愛的小兔子發怒呢？」

「我猜你們還沒讀過那本書吧。」小兔子說。

「什麼書？」吉兒說。

「這本。」牠從外套口袋拿出一本書，遞給吉兒。

吉兒大笑：「噢，我聽說過這本書！所以你就是那隻小便便褲彼得。難怪麥抓兔農夫這麼生氣。」

「為什麼，怎麼了？」我問。

「不如我念這本書給你聽吧？」吉兒說：「故事很有趣，而且也解釋了一切。」

「好耶，我最喜歡解釋一切的有趣故事了。」泰瑞說。

從前從前，有四隻小兔子，牠們的名字叫做蹦蹦、跳跳、疊疊，還有小便便褲彼得。

牠們和母親住在溫馨的三房兔子洞裡，三個窗户望出去都是樹根。

「現在，我親愛的寶貝，」一天早上，兔媽媽說：「我必須出門。我不在的時候，你們可以到河邊採黑莓，但是無論如何，千萬不要到麥抓兔農夫的菜園，否則他會抓住你們，交給麥抓兔太太做成兔肉派，就像你們可憐的爸爸大跳跳便便褲。」

蹦蹦、跳跳和疊疊是很乖的小兔子，牠們到河邊採黑莓。

但是小便便褲彼得很調皮，而且很愛大便，牠直接跑進麥抓兔農夫的菜園，穿著便便褲，從籬笆下方擠進花園的門！

牠先去看看馬鈴薯，啃了幾口，還拉了一點便便。

然後牠去看看豌豆，啃了幾口，又拉了一點便便。

接著，牠去看看麥抓兔農夫菜園中最寶貝的南瓜田，然後……我想各位都猜得到牠做了什麼。

小便便褲彼得啃完蔬菜、拉完便便後，開始覺得有點累了，牠躺在巴西里香草叢上稍微休息一下，很快就睡著了。

彼得睡著的時候，麥抓兔農夫出現，找到了牠。

「啊哈！你一定會後悔在我的菜園裡便便！」他說，一邊粗魯的抓起小便便褲彼得，丟進布袋裡：「我要把你帶回家給麥抓兔太太，她今天晚上就把你烤成美味的兔肉派！」

麥抓兔農夫綁緊袋口，回去工作。不久後，小便便褲彼得醒來了，發現事情不妙，於是哭了起來。「噢不，我困在麥抓兔農夫的布袋裡了，我該怎麼逃出去才好？」

就在這個時候，一隻叫做托瑪西娜・小不點的老鼠出現了。牠聽見小便便褲彼得的哭聲。托瑪西娜・小不點說：「別擔心，小便便褲。我有銳利的牙齒，一定可以在袋子上啃出一個洞，你就能逃出來了！」

托瑪西娜．小不點迅速啃咬，很快的，布袋下方就出現一個小洞。

小便便褲向托瑪西娜．小不點道謝，接著在布袋裡拉滿便便，讓麥抓兔先生以為牠還在裡面，然後才鑽出布袋。

麥抓兔農夫結束工作，拎起布袋，帶回家給麥抓兔太太，請她把布袋中的東西做成派。

那天稍晚，麥抓兔太太打開布袋，看看袋裡的東西，覺得丈夫請她將這些東西做成晚餐相當奇怪，不過，她還是按照他的話做了派。

到了晚餐時間，麥抓兔農夫坐下來吃派。他吃了好大一口，接著「呸」一聲全都吐出來。

「這個派裡面都是兔子便便，不是兔肉！」他大吼：「小便便褲彼得耍了我！給我等著，看我的抓兔手怎麼逮到牠！」

「就是這樣，所以麥抓兔農夫非常痛恨我！」小便便褲彼得說：「因為我比他聰明又敏捷多了。」

「而且你害他吃了好大一口的兔子便便派！」泰瑞哈哈大笑說。

「泰瑞，安靜點。」我說：「麥抓兔農夫可能會聽見你，然後把我們都烤成派！」

「來不及了！」吉兒說：「他已經聽見了。他來啦！」

我們聽見碰碰碰的沉重腳步聲走向木桶。

「啊哈！」麥抓兔農夫探頭，看到木桶中的我們，「四隻小兔子，正好當我的晚餐！」

他拿起木桶，把我們倒進他的布袋。

「不，誤會大了！」我們跌進布袋裡時，泰瑞說：「我們不是兔子！」

「什麼？」麥抓兔農夫看著布袋裡說：「不是兔子？啊哈！我知道你們是誰。你們比兔子更糟，你們是通緝犯！今天早上我在警察局看過你們的通緝海報。」

「今天真是太走運了！」麥抓兔農夫說：「一百一十七千兆獎金，還有兔肉派當晚餐！我現在就要去向故事警察舉報。這段時間，我要把布袋掛在這個掛鉤上，以防你們逃跑。」

麥抓兔農夫綁起袋口，我們感覺自己被抬到空中。

「噢不！」我說：「這就像小便便褲彼得的故事！」

「我們可以叫托瑪西娜．小不點來，請牠在布袋上啃一個洞嗎？」吉兒說。

「叫托瑪西娜‧小不點也沒有用。」小便便褲彼得說：「上禮拜牠被凱蒂喵喵鬚吃掉了。」

「噢，真令人難過。」吉兒說。

「對凱蒂喵喵鬚來說可不是這麼回事，」小便便褲彼得說：「牠說托瑪西娜‧小不點很好吃！」

「不需要托瑪西娜‧小不點。」泰瑞說：「我可以畫一個圓點，那就是最完美的逃生洞口啦。」

泰瑞拿出鉛筆湯匙的鉛筆那一端，在布袋底部畫了一個圓點。

吉兒、小便便褲彼得和我擠出洞口，落到地上。

泰瑞最後出來，同時剝下布袋底部的圓點。

「麥抓兔農夫絕對猜不到我們怎麼逃脫。」小便便褲彼得說。

「要是他看了我們的書呢？」我說。

「我們又還沒開始寫書。」泰瑞說。

「而且我們寫書的時候，早就已經平安回到樹屋了。你們看，我又畫了一個圓點，而且會飛呢！各位，快跳上來吧。」

「哇喔，這就像飛天魔毯。」吉兒說：「只不過，這是飛天魔點！」

「可以在我家的兔子洞口放我下來嗎？」小便便褲彼得說：「就在那棵大樹下。」

我們往下飛，然後在空中盤旋停留，讓小便便褲彼得跳下圓點。

「謝謝你們載我一程。」牠說：「也謝謝你們幫我逃出麥抓兔農夫的掌心！」

「我們也很開心，」我說：「等我們回到樹屋，會從內褲博物館拿一條緊急便便防漏內褲送你。這樣你隨時想去麥抓兔農夫的菜園就能去，他根本不會發現你去過！」

「太棒了！」小便便褲彼得說。

我們揮別小便便褲彼得，然後圓點再度升空，愈飛愈高，愈飛愈遠。

第9章

戴帽子的啪噠

我們飛，然後飛，然後飛，然後飛。

我們飛快。

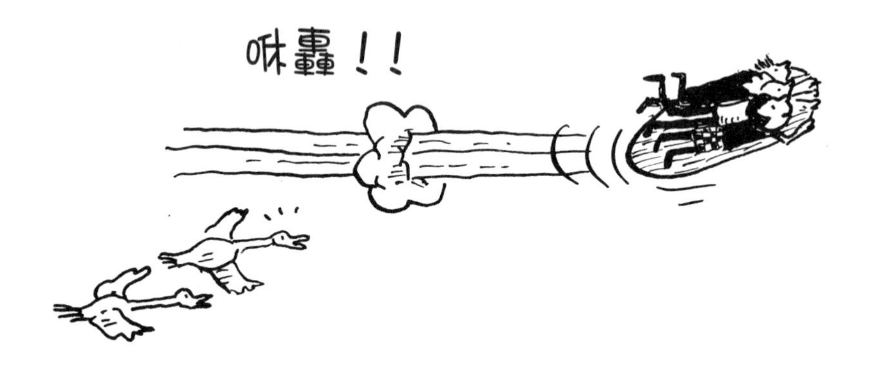

我們飛慢。

我們飛高。

我們飛低。

我們繼續飛，繼續、繼續，然後繼續。

我們看到下方有美麗的沙灘、藍色的沙子、綠色的海水。

這麼迷人的沙灘前所未見！

我們降落圓點。就在樹下，看見一條野餐墊，上面放了三人份餐點。一張告示牌寫道：野餐全部免費！

我們坐上小毯，開始大吃，但是接著飛來好大一團什麼，讓我們全都跳起來！

「噢不！」我說：「是戴帽子的啪噠！三人份的野餐其實是暗算！」

「哈哈！」他尖叫：「說得沒錯！現在準備好接下啪噠絕招！」

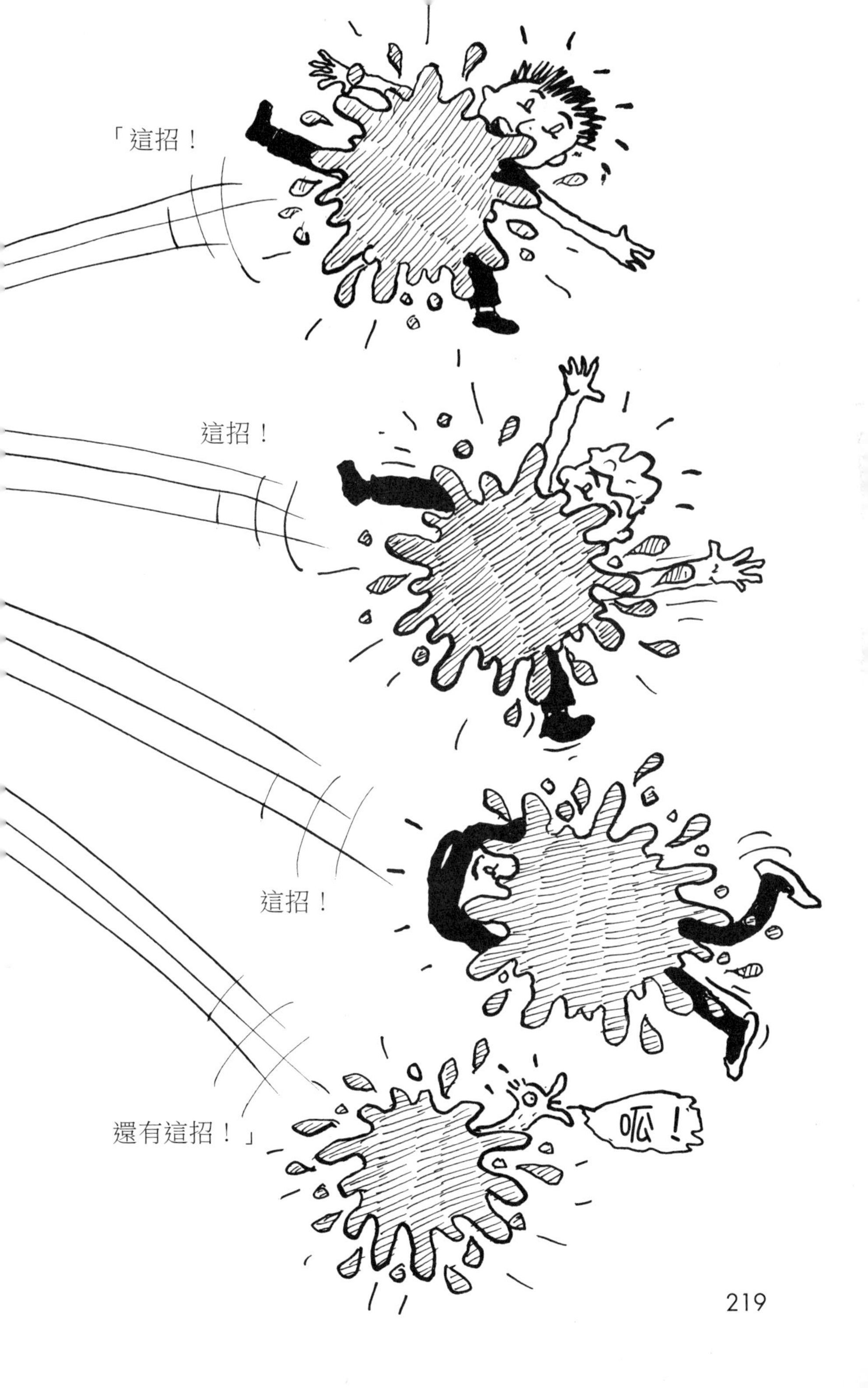
「這招！
這招！
這招！
還有這招！」
呱！

我們從頭到腳滿是啪噠。

「快來！」我叫：「快跑跑跑！」

我們跑進樹屋，用力關上門。

但是啪噠就在我們身後，甩來更多啪噠！

大門敞開，兩個小孩說：「快進來這裡等待啪噠離開。」

「謝了！」我邊跑邊說。

但是啪噠動作太快 —— 它也跟著跑進來！

它啪噠牆！

它啪噠地！

它啪噠窗戶！

它啪噠門口！

它啪噠小狗！

它啪噠小貓！

它啪噠魚兒！

它啪噠踏墊！

「噢不！」孩子們哭叫。

「可惡、可惡、可惡、可惡！我們的房子全是啪噠，我們的身上也是。」

泰瑞說：「別哭，泰瑞有辦法。準備見見圓點一號和圓點二號！」

「這些神奇圓點，可以把你們的家清理乾淨，它們最愛吃的東西就是啪噠！啪噠是圓點的午餐，也是早餐和晚餐，還是點心和早午餐！」泰瑞說。

泰瑞放出圓點一號和圓點二號，它們立刻動口，完全知道要怎麼做。

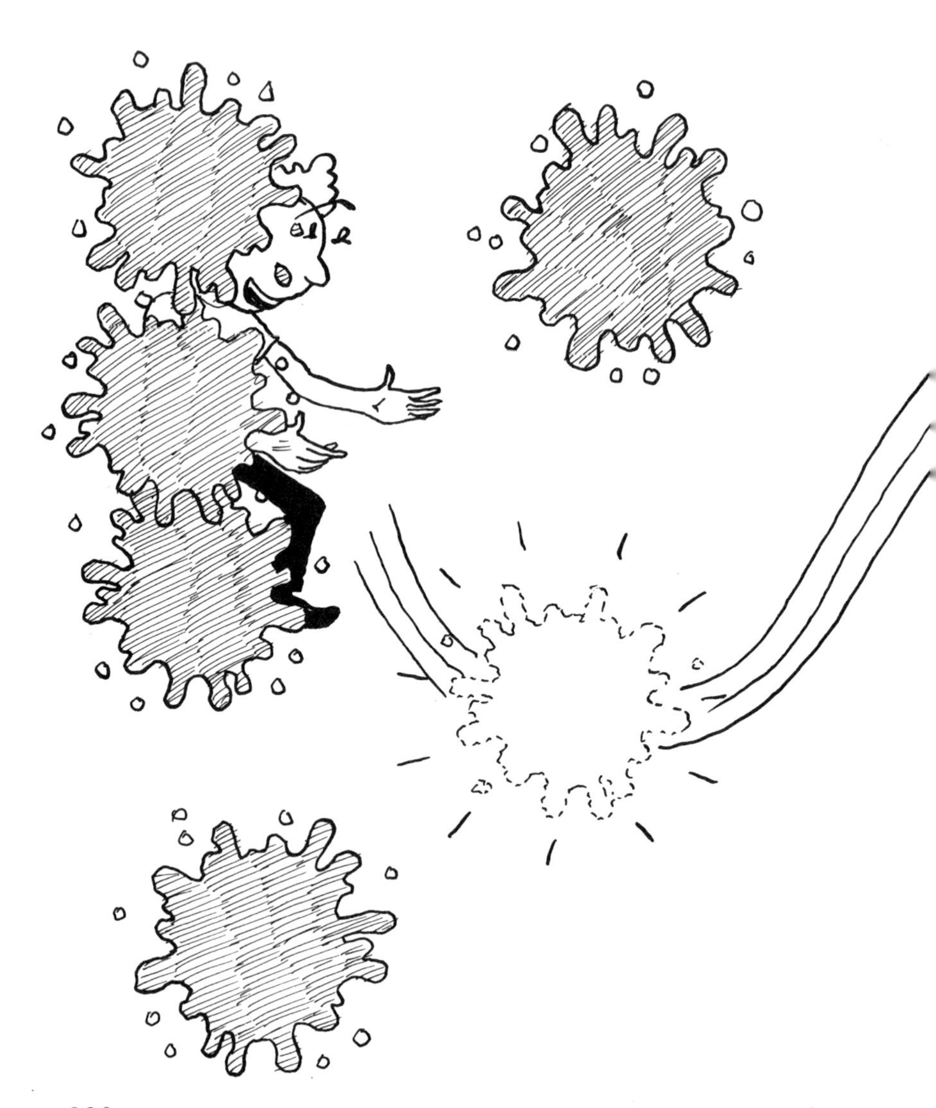

它們啃、它們咬！

它們咀、它們嚼！

它們唏哩呼嚕、吱哩呱啦！

（而且時不時，還會一邊大吃大喝，一邊打出好大好大的嗝！）

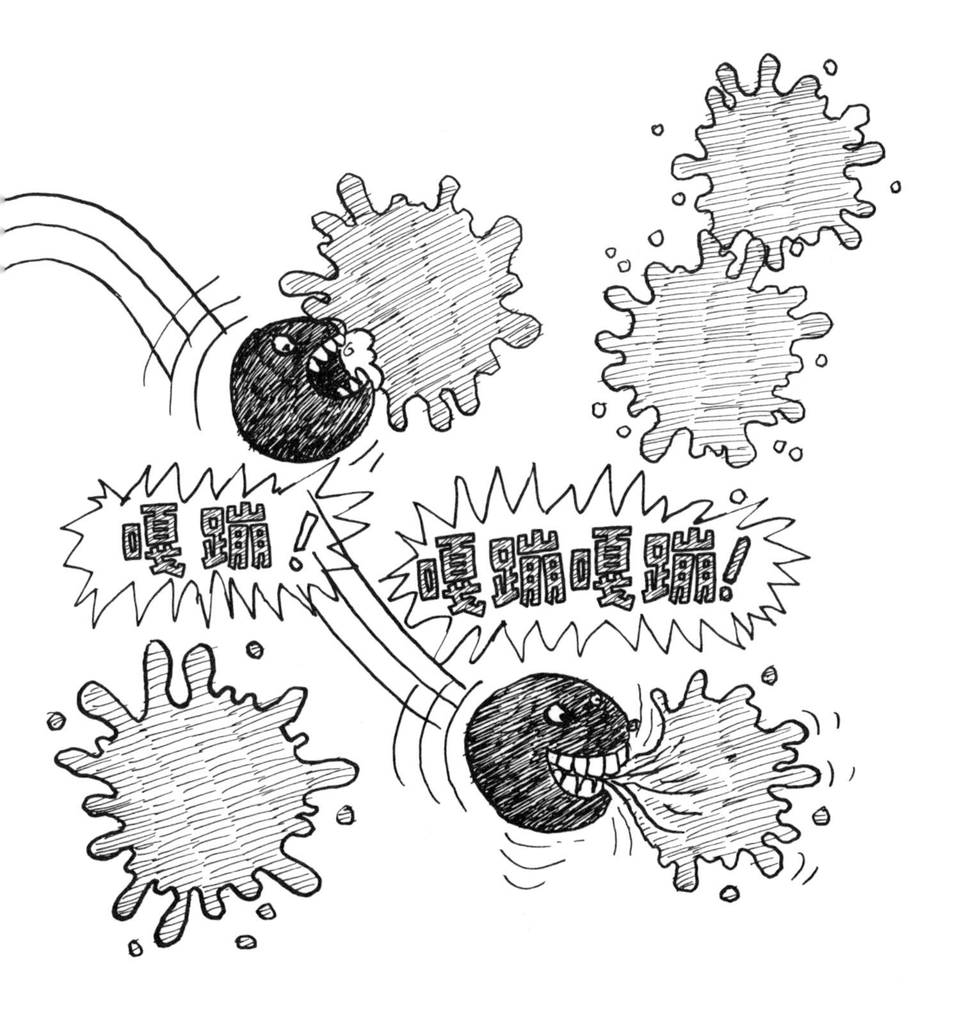

解除了小狗的啪噠！

解除了小貓的啪噠！

解除了魚的啪噠！

解除了踏墊的啪噠！

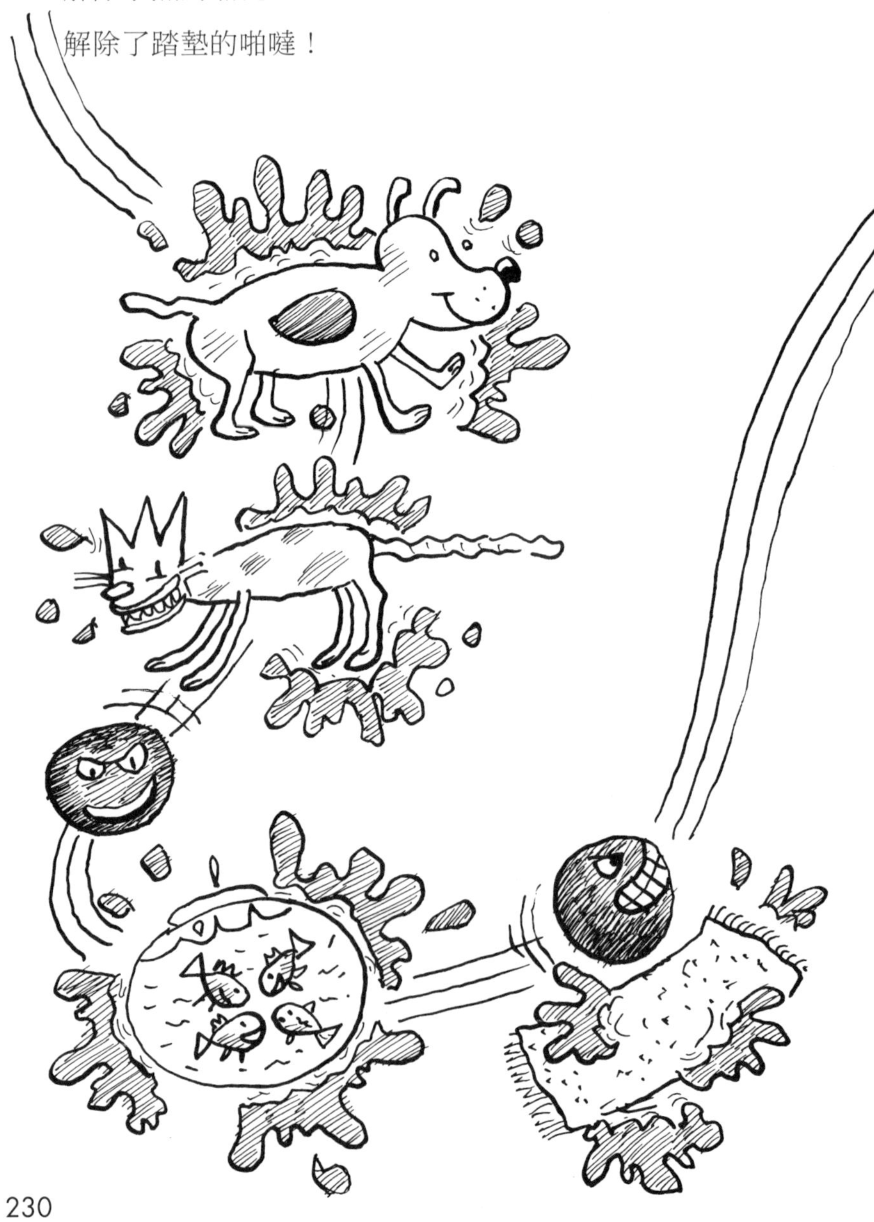

解除了牆壁的啪噠！

解除了地板的啪噠！

解除了窗戶的啪噠！

解除了門上的啪噠！

解除了泰瑞和吉兒，還有我身上的啪噠。才一轉眼，我們全都乾淨光鮮，沒有啪噠！

解除了女孩的啪噠！

解除了男孩的啪噠！

孩子們好高興，開心的放聲大喊：「萬萬！歲歲！嘻嘻！嘿嘿！圓點一號和圓點二號，它們解救了一切！」

重要的時刻，圓點解救了我們，現在全部一乾二淨，完全不見啪噠的蹤影！

「我的啪噠！我的啪噠！」戴帽子的啪噠哭著說：「噢為什麼、為什麼、為什麼你們要這麼做？」

戴帽子的啪噠開始哭。

兩顆眼睛各落下好大顆的淚珠。

它哭泣。

一直哭。

一直哭。

一直哭。

它哭得太用力，容我高興的說，它把自己完全沖走！

這就是壞啪嗟的結局——

它的點點老帽子，是唯一留下的東西。

「做得好，泰瑞。非常好。」吉兒說：「但是我不得不說，我現在感覺不太妙。因為故事警察逐漸逼近。我最怕的事情，就是被抓到。」

「別擔心！」泰瑞說：「別怕！別怕！我還有一個圓點，有很多花樣可玩，可以變成……」

「一艘小船！」

「我還有充氣內褲，是最理想的船帆。我們一定可以逃過故事警察，免去坐牢的麻煩！」

第 10 章

檔案國

我們航行，然後航行，然後航行，然後航行。

我們航行快。
我們航行慢。
太慢啦！

我們航行高。

我們航行低。

我們繼續又繼續又繼續又繼續航行。

「你們看！」吉兒指著遠方一座看起來是島的形狀的島說：「有座島！」

「希望是我們的樹屋無人島！」泰瑞說：「看起來有一點像，但是我不記得我們的島上有這麼多的檔案櫃啊。」

「我們的島上才沒有檔案櫃。」我說：「而這座島上有一堆檔案櫃。一堆又一堆，全都堆成一大堆！」

我們航行到一座檔案櫃堆成
一大堆的島的那一天。

我們將圓點小船停靠在岸邊，然後爬上應該是海灘但看起來不像海灘的地方，這裡非常詭異，沒有沙子——連一粒沙子都沒有。

「這是我見過最奇怪的島了。」吉兒環顧四周說：「沒有樹，沒有植物，沒有鳥或其他動物……只有檔案櫃。」

「真想知道裡面是什麼。」泰瑞說。

「我們來看看吧！」我說。

我抓著標示「ㄅ」的抽屜把手，試圖打開。但是抽屜一動也不動。「上鎖了。」我說。

「全都上鎖了。」泰瑞在櫃子之間跑來跑去，試圖拉開櫃子的抽屜。

「安靜！」吉兒說：「我聽見一些動靜。安迪，我想那是從你試圖打開的那個抽屜裡傳來的。」

我們全都貼在一起。

「放我出去！」一陣細小的聲音說：「看在我彼特的份上，放我出去！」

「我沒辦法，」我對著裡面不知道是誰（或是什麼的）大聲叫道：「抽屜上鎖了！」

「那看在彼特的份上，去找鑰匙呀！」聲音說：「鑰一幺丶，試試標示『一』的抽屜。」

「在那裡！」吉兒說。

泰瑞和我跑到櫃子旁，試圖打開抽屜，但是打不開。

「這個抽屜也上鎖了。」我說。

泰瑞說：「沒關係，我可以用圓點取出鑰匙。」

泰瑞在檔案櫃抽屜中央畫了一個大圓點。

他將手伸進圓點洞裡，取出三支鑰匙。

「一人一支。」他把鑰匙交給我們。

「來試試看吧。」吉兒說。

我們迅速跑過去，打開「ㄅ」抽屜。一隻藍黃相間、戴著黑色眼罩，還有一根木腿的鸚鵡飛出來，降落在我們面前。

「謝啦，伙伴們。」牠說：「我以為我會被歸檔在這裡直到永遠呢！」

「你是海盜嗎？」泰瑞問。

「哈，在下正是！」牠說：「鸚鵡獨眼彼特在此為您效勞。諸位是？」

泰瑞說：「我，泰瑞，那兩位是吉兒和安迪。」

「你也是海盜嗎？」獨眼彼特問。

泰瑞說：「不是，但是我們都曾經在海盜船上工作過一段時間。」

「是誰把你關在檔案櫃裡？」吉兒問。

「是該死的歸檔怪獸。」獨眼彼特說：「詛咒牠該死的歸檔手指！」

「歸檔怪獸？」泰瑞說：「嗯……聽起來有點像大鼻子先生最喜歡的那本書——《檔案國》裡的怪獸！」

「沒錯，正是那隻怪獸。」獨眼彼特說：「這裡曾是一座美麗的熱帶小島。各式各樣的動物居住在這裡——有烏龜、猴子、河馬、恐龍、巨兔、海豹……直到這隻瘋狂的歸檔怪獸出現，把一切都歸檔了！」

「你是說，還有其他動物困在這些檔案櫃裡面嗎？」吉兒問。

「正是，小姐。」獨眼彼特說：「所有的抽屜都塞滿了，而且不只島上的動物，連岩石、樹木、沙子和河流也是！」

「可是究竟為什麼？」吉兒說：「歸檔怪獸為什麼要這麼做呢？」

「因為牠是歸檔怪獸啊。」獨眼彼特說：「牠專門做這種事。」

「這樣不對，」吉兒說：「我們讓這座小島恢復原本的樣子吧。」

我們打開歸檔怪獸的所有檔案櫃，
放出整座島的那一天。

咿～
哈！

呱！

汪！

「這樣好多了！」吉兒身邊圍繞著好多動物，「我一定要好好教訓那隻歸檔怪獸，竟然把你們全都鎖起來。」

「我想妳很快就有機會，」地面開始震動，獨眼彼特說：「因為牠就要來啦！」

砰！

砰！

砰！

我們聽見怪獸唱著歌，逐漸接近我們。

「我要走人了！」彼特說：「歸檔怪獸要是知道發生了什麼事，一定會非常憤怒！」

話一說完，彼特飛往海灘，停在我們的圓點小船上，然後開船離開了。

其他動物飛的飛，跑的跑，竄的竄，鑽的鑽，全都找掩護躲起來。

我看看四周。

只剩下我一個人。

大家都不見了。連吉兒和泰瑞也不見人影。

「喂！」吉兒從標注「躲」的檔案櫃抽屜探出頭，悄聲打暗號：「我們在這裡！」

「躲藏的躲是ㄉㄨㄛˇ，所以歸檔在『ㄉ』！」泰瑞說。

我跑過去加入他們……剛好趕上。

第11章

檔案不見的檔案國

怪獸踏著「砰砰砰」的腳步聲，穿過林立的檔案櫃，牠的腳陷入了滿地都是的沙子裡。

「沙子怎麼會在這裡？」怪獸咆哮：「ㄕㄚ，應該要歸檔在『ㄕ』啊！」

牠怒氣沖沖的撈起一把沙子，直奔標注「ㄕ」的檔案櫃抽屜。牠盯著打開的抽屜，放聲怒吼。

檔案上哪去了？
誰打開這個抽屜？
拿走檔案櫃裡的檔案！
誰亂動了我的檔案櫃？！

怪獸從地上拔起椰子樹，把它塞進標注「ㄧ」的抽屜。

牠抱起一大堆石頭，扔進標注「ㄕ」的抽屜。

牠抓住天空中的鳥，正要塞進標注「ㄋ」的抽屜時，吉兒跳出來大叫：「住手！不可以這樣對待鳥兒！鳥應該在天空中自由飛翔，而不是鎖在標注『ㄋ』的抽屜裡！」

「糟了。」我悄聲對泰瑞說：「她出來教訓牠了。」

「妳是誰？」怪獸問。

「我是吉兒。」吉兒勇敢的回答。

怪獸瞪著她。

「是妳打開所有的檔案櫃嗎？」

「沒錯，是我！」吉兒說：「你把動物歸檔，鎖在櫃子裡，這樣是不對的！」

「當然是對的。」怪獸說：「對的不得了。我最擅長歸檔了。我把蛇放在『ㄕ』，犀鳥放在『ㄒ』。小羊放在『ㄒ』。而妳，我要把妳歸檔在『ㄉ』── 多管閒事應該管好自己的事就好的人類！」

「動物的事就是我的事。」吉兒說：「我負責銀河系動物救援中心，你知道的……這也包括地球上被困在檔案櫃抽屜裡的動物！」

「而我負責歸檔事業！」怪獸說：「我最愛歸檔，我發現這座島需要被歸檔，於是我就這麼做了，直到妳跑來，把一切弄得亂七八糟。不過我馬上就會再度整理好這一切！」

怪獸拉開整個抽屜，看到我和泰瑞。

「啊哈！」牠一把撈出我們：「還有更多多管閒事的人類！」

「立刻放我們下來！」吉兒說。

「拜託！」泰瑞說。

「拜託拜託！」我說。

「我現在就放你們下來。」怪獸說：「放進『ㄉ』檔案櫃的抽屜裡！」

「等等！」吉兒說：「我覺得『ㄉ』不適合。」

「我認為很完美。」怪獸說：「你們是一群『多』管閒事的人類。不然還能是什麼？」

「這個嘛，」吉兒說：「你也可以把我歸檔在女孩的『ㄋ』，把安迪和泰瑞放在男孩的『ㄋ』。」

怪獸皺了皺眉頭說：「沒錯、沒錯，這樣好多了。」

他打開「ㄋ」的抽屜。

「等一下！」我說：「你也可以按照職業歸檔——我是作家的『ㄗ』，泰瑞是插畫家的『ㄔ』，吉兒是動物救援專家的『ㄉ』。」

「或者，」泰瑞說：「你也可以按照我們的名字歸檔：泰瑞放在『ㄊ』，安迪放在『ㄢ』，吉兒放在『ㄐ』。」

「或是按照我們眼睛的顏色。」吉兒說：「藍色的『ㄌ』，綠色的『ㄌ』，褐色的『ㄏ』。」

「停！停！停！」怪獸說：「你們搞得我好混亂啊！」

「抱歉，」吉兒說：「我們只是想幫忙而已。」

「你們完全沒有幫上忙。」怪獸說：「不過我知道該怎麼做了。我會把你們剪成好幾塊，在你們建議的類別下各放一塊。噢，我真是好聰明的歸檔怪獸呀！我的剪刀放哪裡去了？噢沒錯，ㄐㄧㄢˇ，就在這裡……在它該歸屬的『ㄐ』！」

怪獸放下我們，拿出一把非常巨大、非常鋒利的剪刀。

「啊！」吉兒說。

「媽呀！」泰瑞說：「真希望我乖乖待在監牢裡，比被剪成好幾塊好多了。」

「我也是。」我說：「我從沒想過自己會這麼說，但是我真希望故事警察現在就在這裡，來逮補這隻瘋狂的怪獸。真正需要他們的時候，他們上哪兒去了？」

「在這裡。」我們身後傳來一個聲音：「我們要阻止這個荒唐的故事，免得故事的發展愈來愈離譜荒謬，犯愈來愈多罪。你們全部都被捕了。」

第12章

很大、很深的洞

我們別無選擇，只能投降。故事警察逮補我們全體（包括歸檔怪獸），我們被帶到海邊，等待上船。

「你要帶我們去哪裡？」我問。

「去見你們的老朋友，南瓜．司康法官。」警長說。

「她才不是我們的朋友。」吉兒說：「她判我們坐牢十億年耶！」

「如果你們上回乖乖待著就好了。」警長說：「這次她可能會判你們坐牢一千億萬年。」

「為什麼我也被捕了？」怪獸說。

「因為你正要用一把大剪刀把大家剪碎！」警長說：「小朋友可能正在讀這本書，也許是床邊的睡前故事呢。他們不會想看到有人類被怪獸拿剪刀剪碎，他們會做噩夢。現在，不准爭辯，放下剪刀，和其他犯人一起上船！」

我們走上船，發現其他犯人是一個駝背到快對折的老人、鮮紅捲髮上頂著一個花盆的女人、穿著醫生袍的麋鹿，還有一個看起來怒氣沖沖，而且鼻子很大的男人。

「不好意思，」泰瑞對大鼻子男人說：「你看起來很眼熟。我們之前見過嗎？」

「當然見過，你這個傻瓜！」男人說：「是我啊，你的出版社編輯大鼻子先生。我早該猜到你們兩個和這件事情脫不了關係！我可是個大忙人，你知道的，我可沒有時間為自己沒犯下的故事罪被逮補！」

「你出版他們的書。」警長說：「你和其他人一樣有罪！你應該仔細審查，確認你的作者和繪者沒有打破這麼多故事規則。」

「我根本不知道有什麼故事規則啊。」大鼻子先生說。

「不懂法律也不代表免責。」警長說。

「那我們呢？」麋鹿說，我知道牠是麋鹿醫生——獨一無二的《戴帽子的啪噠》的作者：「為什麼貝翠絲．波提、波里斯．彎背克和我會被捕？」

「因為，」警長說：「你們的書也打破了很多規則，我認為童書世界值得更好的故事。我說真的，大便的兔子、亂噴的啪噠還有愚蠢的歸檔怪獸，從這些荒唐的故事裡，到底能學到什麼呢？」

「這個嘛，」貝翠絲・波提說：「孩子們可以從我的書中學到許多有關大自然的事。例如……有些兔子很會大便！」

「還有，」波里斯・彎背克說：「《檔案國》是在教導孩子們，即使有個地方可以接受萬事萬物，萬事萬物也都有各自歸屬的地方，不代表這個地方就該是檔案櫃的抽屜。」

「我的書就是想要有趣而已，」麋鹿醫生說：「我想要讓讀者哈哈大笑，因為說到底，歡笑才是最好的良藥……而且我很清楚這一點，因為除了作家和插畫家，我還是一位有證照的醫生。」

「去向法官說吧！」警長說。

「我可沒時間去向法官說。」大鼻子先生說道：「我是個大忙人！」

「我也很忙！」警長說：「我必須移送八位囚犯到法官那兒，而我現在就要這麼做！」

「各位，我很抱歉。」我說：「一切都是我的錯。我不應該用『忽然間，我們全都醒了過來，發現一切只是一場夢』做為泰瑞愚蠢圓點故事的結局。才會驚動了故事警察。」

「別對自己這麼嚴苛，小伙子。」波里斯．彎背克說：「故事警察懂什麼？有些世界上最知名的書，就是用醒來發現一切只是一場夢做為結局啊……例如《愛麗絲夢遊仙境》！」

「別忘了還有《綠野仙蹤》。」貝翠絲・波提說。

「謝了。」我說：「我感覺好多了。那你們覺得……我現在應該再試一次嗎？」

「不了，」麋鹿醫生立刻說：「一本書用兩次可能有點太多。」

「那我們該怎麼辦呢？」吉兒說。

「這個嘛，」大鼻子先生說：「依我所見，我們這裡有五位作家、四位插畫家。你們這群人應該有辦法為我們的問題想出一個有創意的解決方式！」

「圓點啊！」泰瑞說:「圓點可以變成大洞，記得嗎？」

「洞？」我說：「在船上？你瘋了嗎？洞會讓船會沉下去的！」

「這正是我們的目的。」泰瑞說：「如果船沉了，故事警察就沒辦法把我們送進牢裡啦！快，波里斯、麋鹿博士，還有貝翠絲，幫我在船底畫幾個圓點。畫愈多，我們沉得愈快。」

「樂意之至！」貝翠絲說：「我最愛畫圓點了！」

「我也是。」麋鹿醫生說。

「開始畫狂野的圓點吧。」波里斯說。

沒多久，水便咕嚕咕嚕灌進剛畫好的圓點洞裡。

「棄船！」警長大叫：「進水啦！棄船！」

我們全都跳下船，嘩啦嘩啦的游回海灘。

我們拖著腳步走出海水，踏上沙灘。

「耶！」泰瑞說：「我的計畫奏效了。我們逃離故事警察啦！」

「話是不錯。」我說：「但是撐不了多久。你看，他們又追上來了！」

泰瑞轉頭，看見故事警察往我們的方向前進。

「別擔心。」他說：「我有另一個故事的點子，而且這個故事會有很棒的結局！」

泰瑞清清喉嚨，開始說故事：

很久很久以前，在一座島上，泰瑞、安迪、吉兒、大鼻子先生、麋鹿醫生、貝翠絲．波提、波里斯．彎背克，還有歸檔怪獸，全都被一群憤怒的故事警察包圍。故事警察想要逮補我們，並且把我們關進說故事監牢裡一千萬億年。因此，英勇的泰瑞畫了一個圓點……

圓點長得愈來愈大……

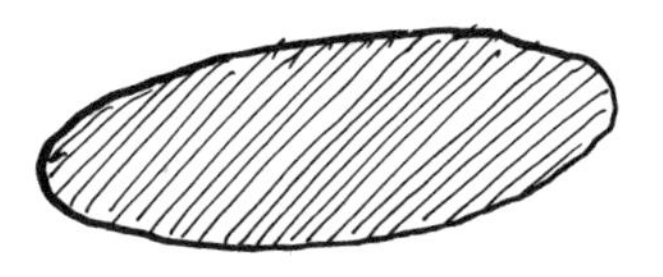

愈來愈大……

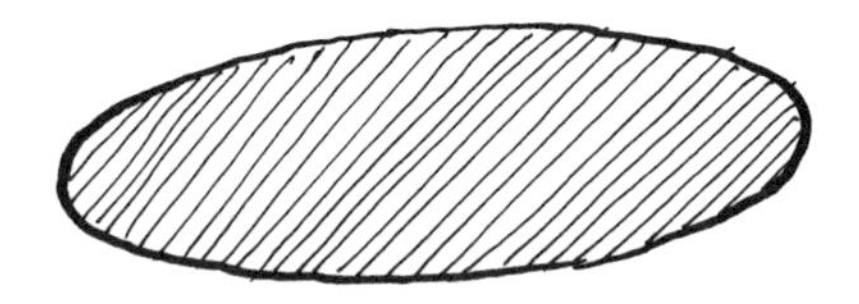

愈來愈大……

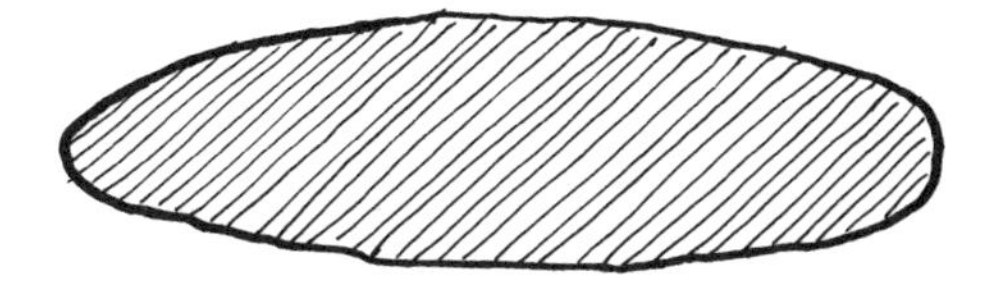

圓點延展得更大……

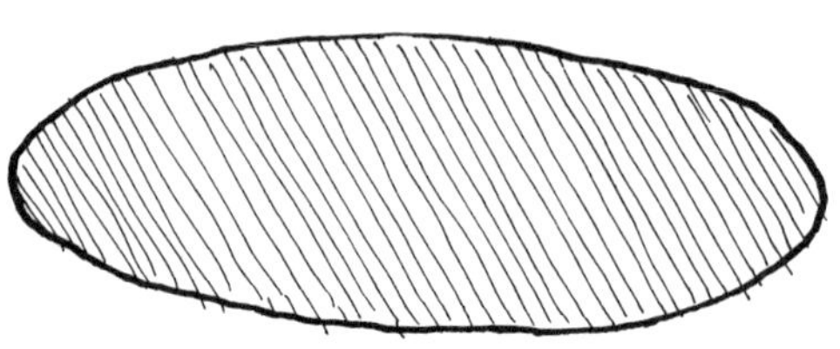

也更深……

愈來愈大、愈來愈深……

直到變成一個又大又深的洞……

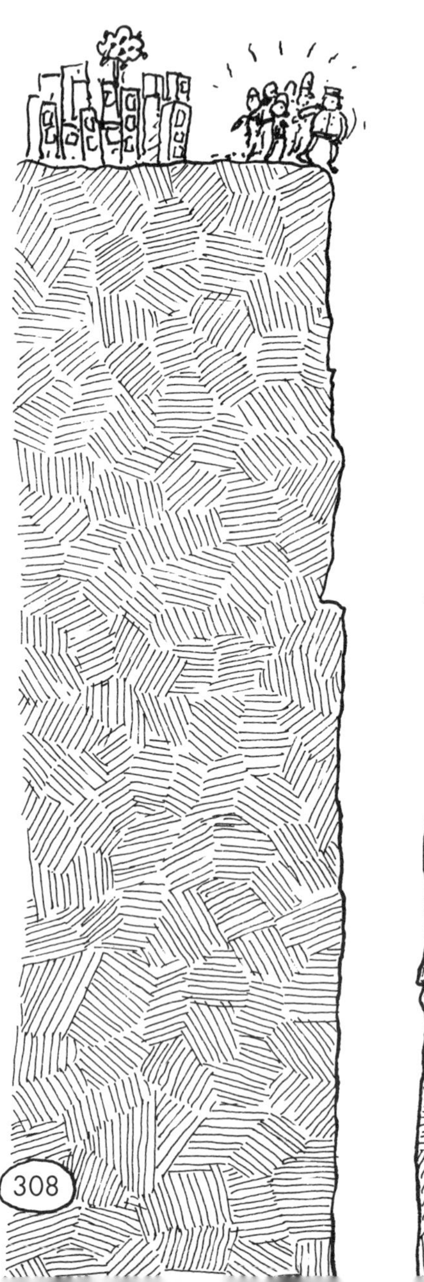

故事警察全都掉了進去……

從此，他們全都過著幸福快樂的生活。

故事完

「萬歲！」麋鹿醫生說：「現在說故事再也不用擔心害怕故事警察，可以自由的想說什麼就說什麼啦！」

泰瑞剝起地面上的洞，交給歸檔怪獸。

「你或許會想歸檔在『ㄉ』的檔案櫃，因為ㄉㄨㄥˋ洞啊。」泰瑞說。

「我很樂意！」怪獸說：「這件事完成後，我就可以像之前那樣，繼續歸檔這座小島了。」

「拜託不要歸檔任何動物。」吉兒說：「牠們不喜歡。」

「也不要歸檔樹。」我說

「石頭或沙子也不要。」泰瑞說。

「什麼！？」怪獸說:「妳的意思是，我應該放著一切，任由它們亂七八糟的嗎？」

「沒錯。」吉兒說：「這叫做大自然，而這就是大自然應該有的模樣！」

「但我是歸檔怪獸。」怪獸一臉哀傷的說：「不能歸檔的話，我還能做什麼呢？」

「這個嘛，」大鼻子先生說：「我的大鼻子出版社應該願意雇用一位像你一樣熱愛歸檔的怪獸唷。」

「噢，那真是太棒了。」怪獸說：「我一直好想進入出版業。這是『ㄔ』開頭的，是我最喜歡的字呢。」

泰瑞吃吃笑著說：「是『ㄔ』啊。」

「那麼，」大鼻子先生說：「現在呢？我必須回去工作了。你們知道的，我可是個大忙人。而且你們必須在今天五點之前完成新書……否則要你們好看！」

「我們可以搭圓點小船回家，對吧，泰瑞？」吉兒說。

「沒辦法。」我說：「小船不在了。獨眼彼特偷走了我們的船。」

「我真痛恨海盜。」泰瑞嘆氣。

「那我們該怎麼辦？」吉兒問：「要怎麼回家？」

泰瑞若有所思的輕敲下巴，說道：「如果我們有藤編籃子就好了，還要一點點火。我可以讓圓點充氣，變成熱氣球。」

「我在『ㄏ』裡面歸檔了一些火，」歸檔怪獸說：「還有歸檔在『ㄌ』的藤編籃子……來，拿去用吧！」

「謝啦！」泰瑞說。

泰瑞畫了一個圓點，綁在籃子上。

「大家上來吧。」他說。

我們全都擠在籃子裡，泰瑞用火產生的熱讓圓點充氣。

隨著圓點升空，繩子繃緊，將籃子拉離地面。

「我們很快就會到家了。」泰瑞說：「然後就可以開始進行我們的書啦。」

「愈快開始愈好。」我說：「我們有一大堆故事要寫呢。和今天發生的事情一樣多！」

「麋鹿醫生和波里斯和我可以幫忙。」貝翠絲說：「畢竟我們全都能寫也能畫。」

「當然，」麋鹿醫生說：「你知道俗話說——人多好辦事。」

「我非常同意。」波里斯說：「而且我很想參觀你們的樹屋，我讀過好多關於樹屋的事呢！」

「吉兒，我想見見妳的動物。」貝翠絲說。

「牠們一定也很想認識妳。」吉兒說：「牠們都是妳的書迷喔！」

「那就這麼說定了。」隨著熱氣圓點愈飛愈高，我說：「大家都來參觀樹屋，並且幫忙完成我們的書！」

「飛高高！」泰瑞說。

第 13 章

最終章

我們愈飄愈高……愈飄愈高……

愈飄愈遠……

愈飄愈遠……

直到我們終於來到城市。

我們在大鼻子出版社放下大鼻子先生和歸檔怪獸。

「謝謝你們載我一程。」我們飄走時，歸檔怪獸說。

「別忘了，」大鼻子先生吼著：「五點之前要交出稿子……否則有你們好看的！」

又飄了一小段之後，終於，我們回家了。

「你們的樹屋真是驚人的壯觀啊！」麋鹿博士說。

「是啊，我從來沒有見過像這樣的樹屋。」波里斯·彎背克說。

「開始工作之前，我們有時間參觀一下嗎？」貝翠絲·波提問。

「當然有啦。」我說：「我帶你們搭乘企鵝動力的飛天觀光巴士，一起參觀樹屋主要景點！」

吉兒遞給波里斯、貝翠絲和麋鹿醫生一人一張票。

「請出示票，謝謝。」他們登上巴士之後，吉兒再收走每個人手上的車票。

泰瑞坐上駕駛座，我則戴上樹屋導遊帽，開始導覽。

「歡迎搭乘樹屋飛天觀光巴士！」起飛時，我說：「我們的樹屋共有一百一十七層樓。有些樓層很好玩，有些很嚇人，有些好玩又嚇人，有些嚇人又好玩。」

「你們有食物嗎？」波里斯·彎背克說：「我餓扁啦！」

「當然有！」我說：「我們有冰淇淋、棒棒糖、爆米花、棉花糖、披薩、潛艇堡三明治，還有巧克力瀑布——你可以一邊游泳一邊吃巧克力呢。」

「你們有比較能填飽肚子的食物嗎？」波里斯．班貝克說：「我餓到可以吃下沙發了。」

「正好有你要的。」我說：「泰瑞，載我們去任你吃到飽包括家具樓層。」

「收到！」泰瑞說。

到了任你吃到飽包括家具樓層，麋鹿醫生從花瓶中抓起一把黃水仙，一口吃掉。然後，牠連花瓶也嘎吱嘎吱的吞下肚子了。

貝翠絲啃了一張淋滿巧克力的椅子。

波里斯吃掉一整張沙發。「噢！」他舔舔嘴說：「味道就像媽媽以前烤的沙發！」

泰瑞、吉兒和我也吃掉了一些家具。

「被故事警察追捕完，絕對讓你胃口大開。」我說。

「收到。」泰瑞說。

「好囉，」我說：「我們繼續參觀吧。」

我們回到巴士上，繼續參觀行程。

我們參觀高。

我們參觀低。

我們參觀快。

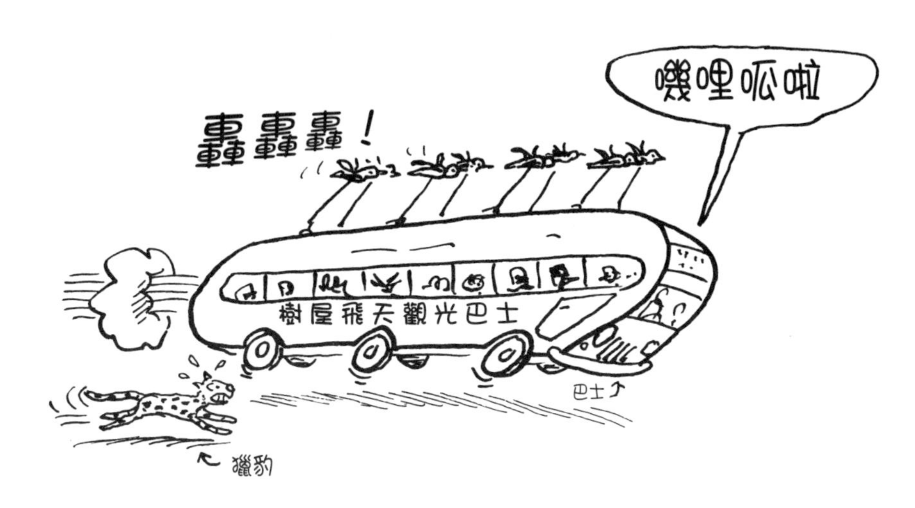

我們參觀慢。

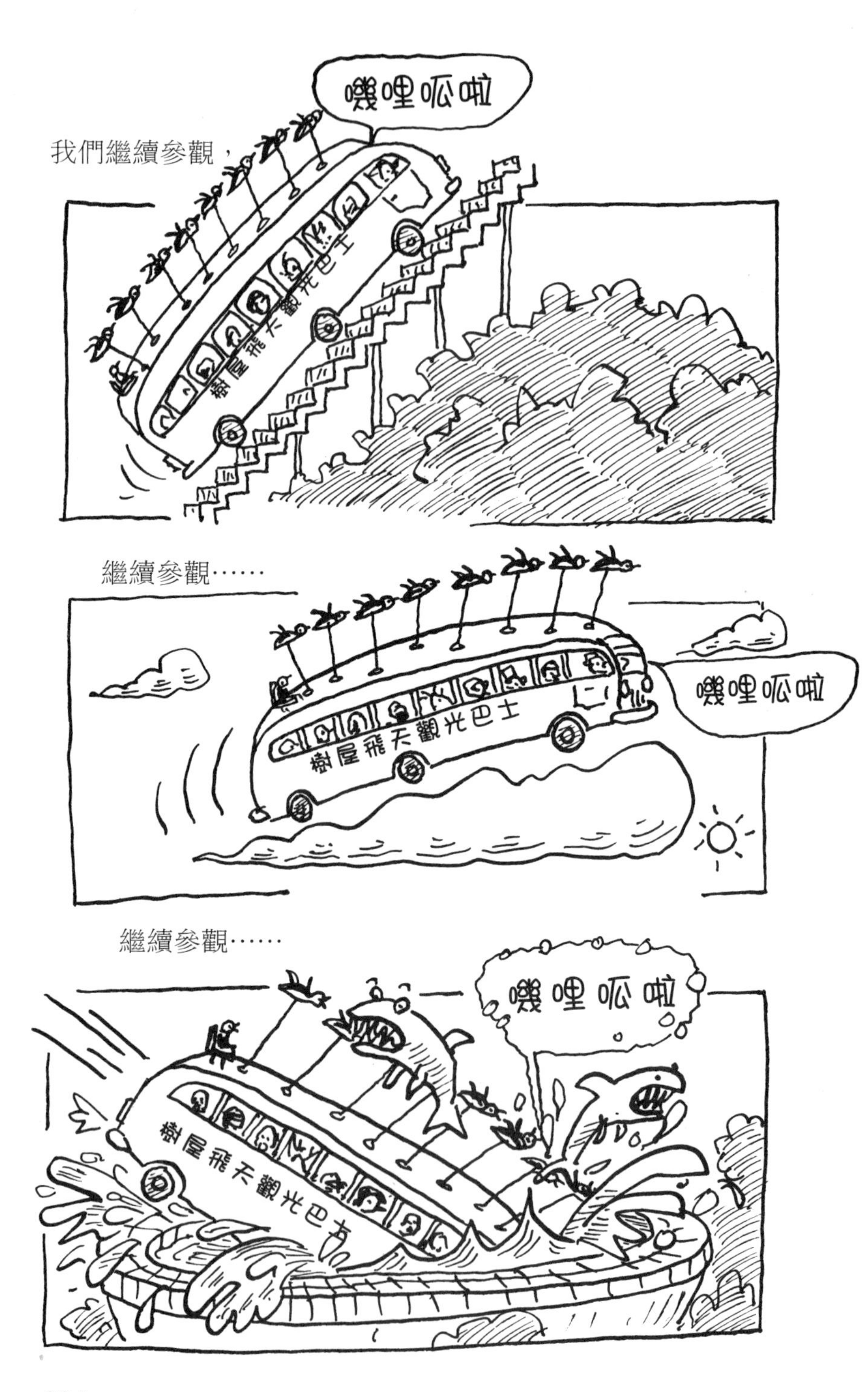
我們繼續參觀，
嘰哩呱啦
樹屋飛天觀光巴士
繼續參觀……
嘰哩呱啦
樹屋飛天觀光巴士
繼續參觀……
嘰哩呱啦
樹屋飛天觀光巴士

我們繼續參觀。

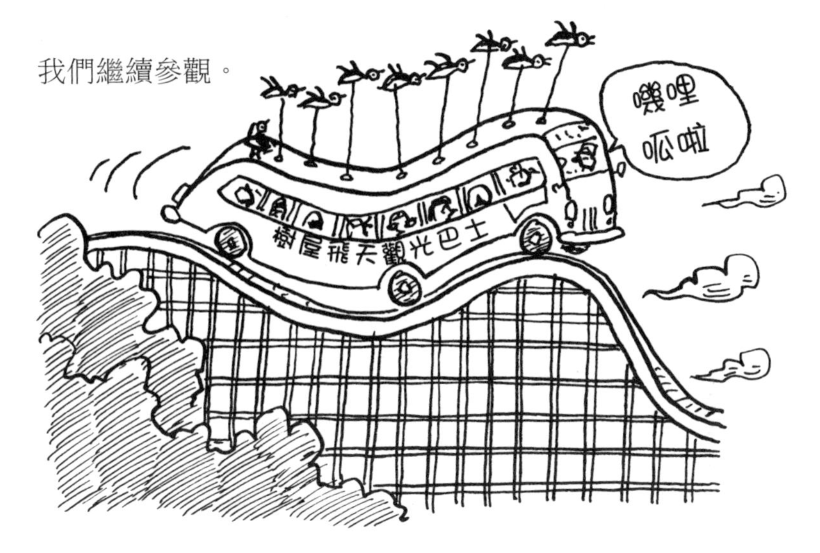

「停！」麋鹿醫生指著我們陽光普照、開滿毛茛、處處是蝴蝶和藍鴝的美麗原野，說道：「我們可以在這裡降落嗎？」

「當然可以！」我說。

泰瑞停好巴士，我們全都下車。

「噢，快看！」貝翠絲說：「是原野老鼠一家！小小朋友們，別動，讓我畫你們。」

波里斯．彎背克趴在一片毛茛上說道：「我的老天，這陽光讓我的背充滿正能量。」

「耶！我自由了！」麋鹿醫生展開閃電般的四蹄，在原野上快速奔馳。

「麋鹿醫生！」我大叫：「別走！」

但是麋鹿醫生只管繼續跑……繼續跑……繼續跑。

「希望牠記得回來幫我們寫書。」泰瑞說。

「牠在這個狀態下是不會回來的。」貝翠絲從她的素描本抬起頭說：「你知道嗎，牠可以跑上好幾天。牠確實是醫生，也是一位很有成就的作家和插畫家，不過，牠也是野生動物啊。」

「我可以用麋鹿套索抓牠回來。」吉兒說，一邊從她的動物救援隨身包拉出一條好長的繩子。

吉兒在她的頭上拋甩套索，然後讓套索飛出去。

套索越過原野，套住麋鹿醫生的鹿角。

吉兒將麋鹿醫生拖回巴士。

「抱歉，」麋鹿醫生氣喘吁吁的說：「我只要開始跑就停不下來。」

「不必道歉。」巴士起飛時，我說：「現在往下看，就是樹屋的巨型格鬥機器人競技場。」

貝翠絲說：「巨型格鬥機器人？我們可以試試看嗎？」

「妳確定？」我說：「穿上巨型格鬥機器人格鬥裝相當危險呢。」

「危險可是我的綽號呢。」貝翠絲說。

「也是我的。」麋鹿醫生說。

「也是我的！」波里斯說。

他們等不及聽我回答，也等不及讓泰瑞停好車，三人便跳出巴士窗戶。

我們降落時，貝翠絲、波里斯和麋鹿醫生都已經穿好格鬥裝，準備大戰一場。

他們小心翼翼的圍成圓圈，直到我敲響鈴聲……戰鬥便開始了！

踢！

揮拳！

猛踏！

碾壓！

抛擲！
嘿咻！
噢我可憐的老背啊！
重擊！
大力捶擊！
呃啊！我可憐的背啊！
雙拳重擊

他們用雷射槍轟炸對方……

還有火球！

整座樹屋都隨著顫抖晃動。

「我們應該趕快阻止他們。」泰瑞說。

「沒錯！」我說：「但要怎麼做？又不是走進去喊停就好。」

「我們不行。」吉兒說：「不過鼻王也許可以。」

「鼻王很強壯，」我說：「但是我不確定牠能不能比三個巨型格鬥機器人更強壯。」

「我認為牠更強。」吉兒說:「再說，還有其他選擇嗎？可不能讓他們三個戰鬥到整棵樹都毀了。我現在就去找鼻王來。」

吉兒帶著鼻王回來，在牠耳邊悄聲說話。

鼻王跳進競技場。機器貝翠絲、機器波里斯和機器麋鹿醫生全都停止戰鬥，轉頭看著他們的新對手。

機器波里斯走向前，說道：「拿出全力打一場吧！」

「我不敢看！」吉兒閉上眼睛。

波里斯．彎背克絕對是自找的，鼻王確實全力出擊。

他用威猛無比的象鼻，一擊就把波里斯打出格鬥裝，飛到空中……

掉到砸西瓜樓層。

機器貝翠絲和機器麋鹿醫生立刻後退。

「我投降！」貝翠絲說。

「我也是！」麋鹿醫生說。

我跳進競技場，舉起鼻王的象鼻，宣布牠是贏家。

貝翠絲和麋鹿醫生脫下格鬥裝，跑向砸西瓜樓層。

我們飛過去，將巴士停在波里斯旁邊，他一臉呆滯，倒在一堆還沒砸過的西瓜旁。

貝翠絲跪在他旁邊，在他臉上搧風。

「波里斯，你還好嗎？」貝翠絲問。

「好得不得了！」波里斯說，突然間，他跳了起來，整個人都伸直了。

「鼻王打得非常用力，我的駝背都打直了呢！我已經好多年沒有感覺這麼棒了！」

「我也是！」麋鹿醫生說。

我們轉頭，看見牠正在熱烈的砸西瓜。

「我一直好想砸西瓜，」牠說：「現在終於可以砸了！」

「我們可以砸西瓜嗎？」貝翠絲問。

「這個嘛……」我說：「這並不是正式導覽的一部份，不過既然都來了，當然可以，畢竟西瓜不會自己砸自己嘛！」

「這真的很好玩，」我說：「不過，我們還有一本書要寫！各位，放下槌子。該回巴士了。」

我們的客人回到座位，吉兒遞給每個人一條熱毛巾，讓大家把自己清理乾淨。

巴士高速飛過枝頭，降落在高科技辦公室樓層。我們全都下了巴士，抓起鉛筆、鋼筆、顏料、畫筆，還有紙張，開始準備工作……

我們寫，我們畫……

然後畫，然後寫……

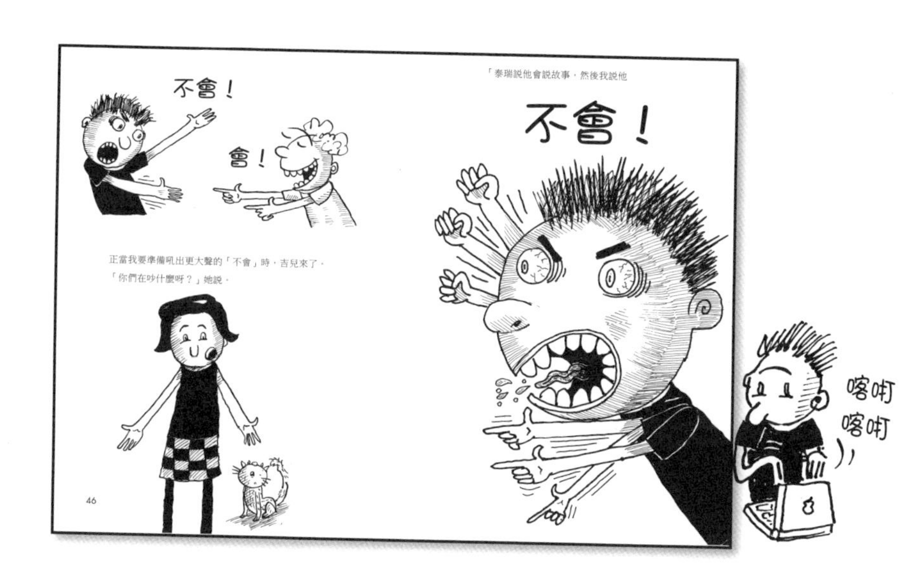

寫下插畫家的寫作……

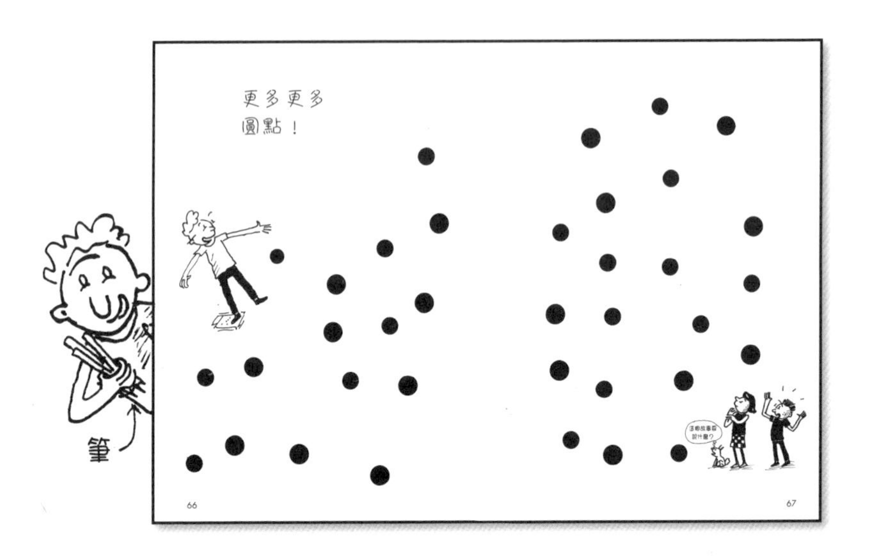

畫下作家的插畫……

然後畫下作家寫的插畫……

然後寫下插畫家畫的寫作……

然後作家插畫家寫寫畫畫……

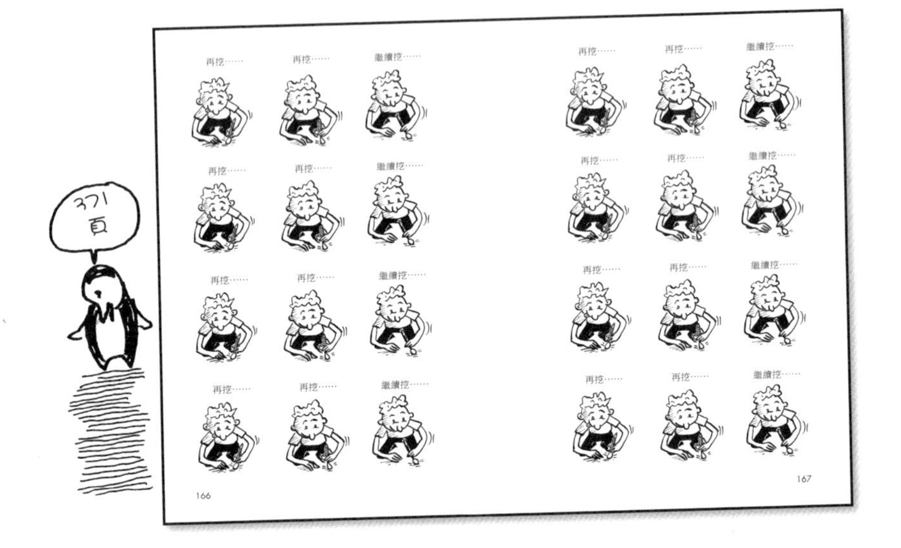

然後插畫家作家畫畫寫寫……

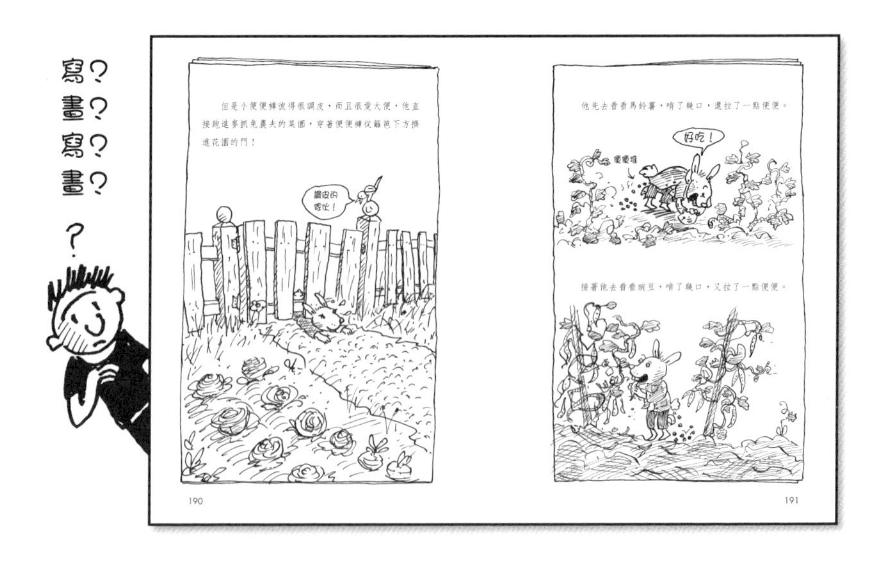

然後作家插畫家畫插畫和寫作……

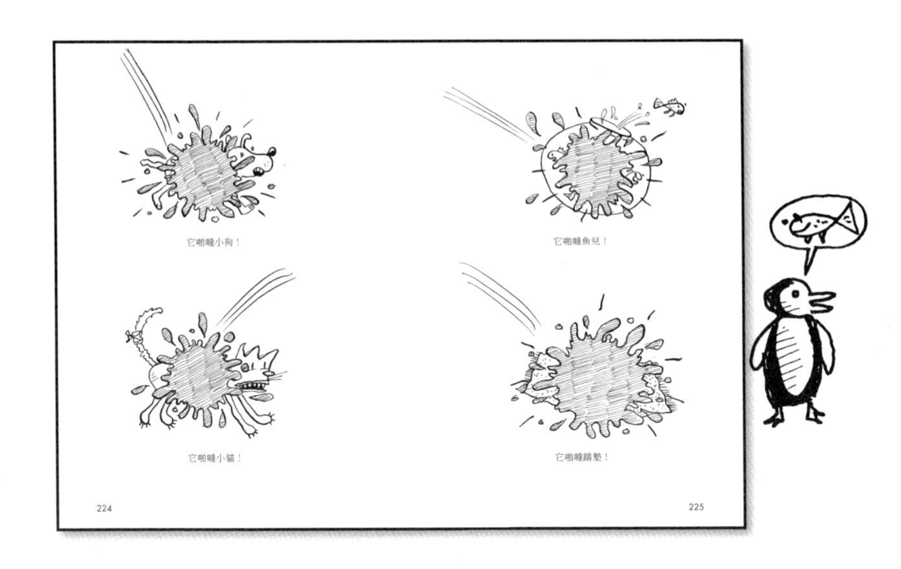

然後插畫家作家寫作和畫插畫……

然後作家插畫家寫作畫插畫……

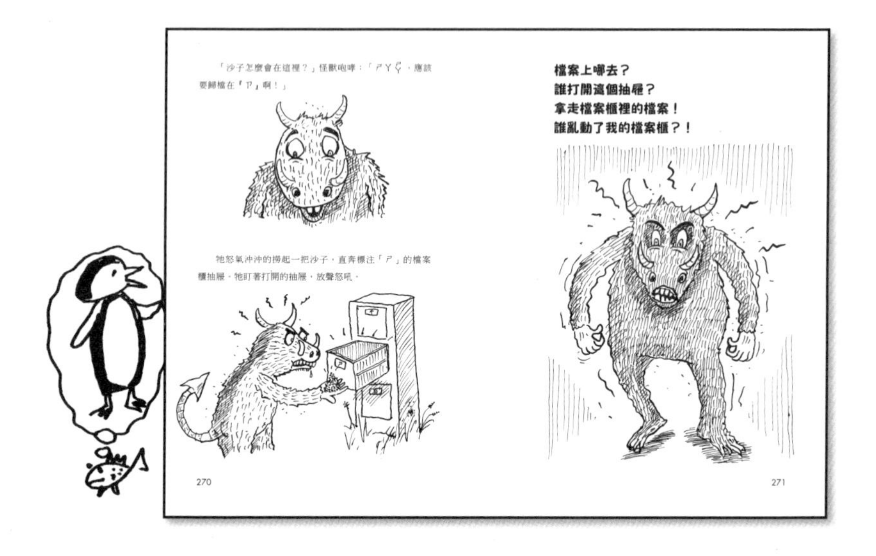

然後插畫家作家畫插畫寫作……

然後作家插畫家畫插畫家作家畫插畫和寫作的插畫……直到全部結束！

直到我們終於來到城市。

324

我們在大鼻子出版社放下大鼻子先生和歸檔怪獸。

「謝謝你們載我一程。」我們飄走時，歸檔怪獸說。

「別忘了，」大鼻子先生吼著：「五點之前要交出稿子……否則有你們好看的！」

325

「真是太有趣了！」波里斯說：「不過我們要如何準時將書送到出版社編輯手中呢。已經快要五點鐘了！」

「不能用你們的飛天巴士派送嗎？」麋鹿醫生問。

「恐怕沒辦法。」吉兒說：「企鵝累了，需要休息。」

「不用怕，」泰瑞說：「我可以做一個遙點。」

「遙點是什麼？」我說。

「就是遙控圓點。」泰瑞說：「就像無人機，只不過更像圓點。來，我做給你看。」

「噢，好可愛呀！」麋鹿醫生說。

「對啊！」吉兒說：「就像小動物呢！它有名字嗎？」

「它就叫遙點。」泰瑞說：「別看它可愛，它可是身負重任呢。」

泰瑞把原稿綁在遙點上，拿起遙控器。遙點上升到空中，呼嘯飛出樹屋。

「我們可以用遙點攝影機追蹤進度。」泰瑞說。

我們全部聚集在遙點攝影機螢幕前，看著遙點越過了森林……

穿過城市……

飛進大鼻子先生的辦公室窗戶……

然後降落在

他的辦公桌上。

「真是太棒了。」大鼻子先生說：「五點鐘，一點不差！」

「我立刻處理，先生。」歸檔怪獸說：「我把遙點歸檔在『一』，原稿放在『ㄩ』。」

「看來遙點做得不錯。」泰瑞說。

「沒錯，」我說：「我很不願意承認，不過你的愚蠢圓點故事其實沒這麼蠢嘛。」

「我同意。」吉兒說：「事實上，我想，這是我聽過最不愚蠢的愚蠢圓點故事了。」

「謝啦。」泰瑞說：「嘿，安迪，我們可以在樹屋裡蓋一個圓點樓層嗎？」

「你是說……一整層只有圓點的樓層嗎？」我說。

「對啊，」泰瑞說：「到處都是圓點的樓層！」

「有何不可？」我說：「圓點在這本書裡真的幫了大忙，我們至少能為它蓋一個樓層。我們可以把這個加入瘋狂樹屋一百三十層的新樓層清單！」

「對呀，」泰瑞說：「我們現在就開始吧！」

「等一下，」我說：「別這麼急。現在我們有更重要的事情要做。」

「還有什麼比建造新的十三層樓更重要啊？」泰瑞說。

「來一場睡衣派對，就是這個。」我說：「五分鐘之後就有一場，而且全部的人都會被邀請。」

「萬歲！」波里斯說：「我最愛睡衣派對了！」

「我也愛！」麋鹿醫生說。

「我也是！」貝翠絲說：「吉兒，可以找妳的動物一起來嗎？」

「當然。」吉兒說：「牠們最喜歡睡衣派對了！」

「那我們還等什麼？」泰瑞說。

「開始吧！」

於是睡衣派對開始。

噢！真是失禮！
連身睡衣萬歲！
我們穿同款睡衣！
超熱巧克力
這不合身。
熱巧克力
這是我的大鼻子先生玩偶。
故事完
熬夜到九點。
我也要。
我才不要。
冰巧克力

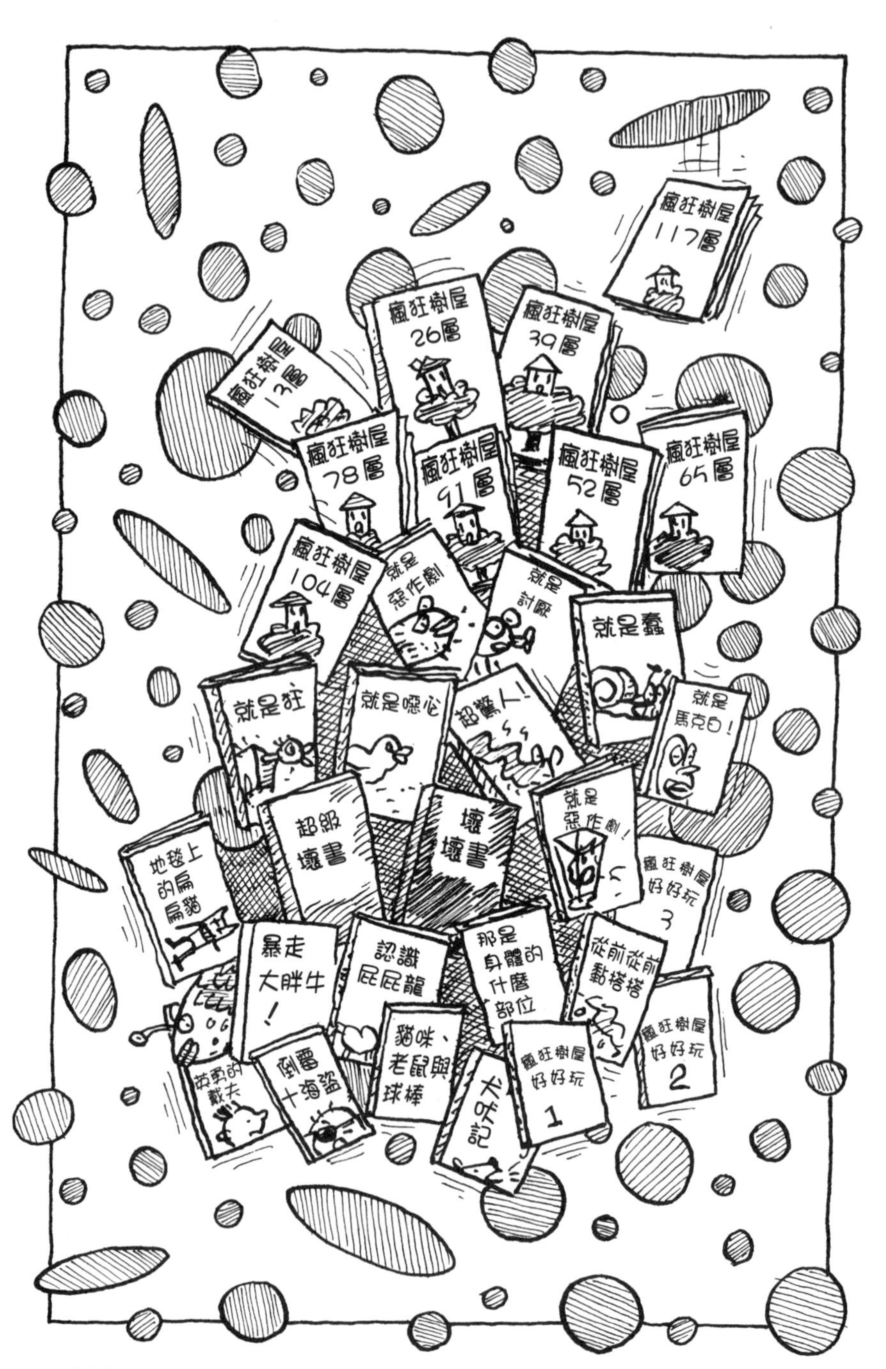

瘋狂樹屋 117層
瘋狂樹屋 26層
瘋狂樹屋 39層
瘋狂樹屋 13層
瘋狂樹屋 78層
瘋狂樹屋 91層
瘋狂樹屋 52層
瘋狂樹屋 65層
瘋狂樹屋 104層
就是惡作劇
就是討厭
就是蠢
就是狂
就是噁心
超驚人！
就是馬克白！
超級壞書
壞壞書
就是惡作劇！
地毯上的扁扁貓
瘋狂樹屋好好玩 3
暴走大胖牛！
認識屁屁龍
那是身體的什麼部位
從前從前黏搭搭
瘋狂樹屋好好玩 2
英勇的戴夫
倒霉十海盜
貓咪、老鼠與球棒
犬吠記
瘋狂樹屋好好玩 1

瘋狂樹屋 130 層，加蓋中。
私人工地
13層全新樓層
即將登場
施工中

故事館 74

瘋狂樹屋 117 層：超級故事大冒險

小麥田 The 117-Storey Treehouse

作　　者　安迪・格里菲斯（Andy Griffiths）
繪　　者　泰瑞・丹頓（Terry Denton）
譯　　者　韓書妍
封面設計　翁秋燕
責任編輯　汪郁潔

國際版權　吳玲緯
行　　銷　何維民　吳宇軒　陳欣岑　林欣平
業　　務　李再星　陳紫晴　陳美燕　葉晉源
副總編輯　巫維珍
編輯總監　劉麗真
總 經 理　陳逸瑛
發 行 人　凃玉雲
出　　版　小麥田出版
　　　　　10483 台北市中山區民生東路二段 141 號 5 樓
　　　　　電話：(02)2500-7696
　　　　　傳真：(02)2500-1967
發　　行　英屬蓋曼群島商家庭傳媒股份有限公司
　　　　　城邦分公司
　　　　　10483 台北市中山區民生東路二段 141 號 11 樓
　　　　　網址：http://www.cite.com.tw
　　　　　客服專線：(02)2500-7718 ｜ 2500-7719
　　　　　24 小時傳真專線：(02)2500-1990 ｜ 2500-1991
　　　　　服務時間：週一至週五 09:30-12:00 ｜ 13:30-17:00
　　　　　劃撥帳號：19863813　戶名：書虫股份有限公司
　　　　　讀者服務信箱：service@readingclub.com.tw
香港發行所　城邦（香港）出版集團有限公司
　　　　　香港灣仔駱克道 193 號東超商業中心 1/F
　　　　　電話：852-2508 6231　傳真：852-2578 9337
馬新發行所　城邦（馬新）出版集團 Cite (M) Sdn Bhd.
　　　　　41-3, Jalan Radin Anum, Bandar Baru Sri Petaling,
　　　　　57000 Kuala Lumpur, Malaysia.
　　　　　電話：+6(03) 9056 3833　傳真：+6(03) 9057 6622
　　　　　讀者服務信箱：services@cite.my
麥田部落格　http:// ryefield.pixnet.net
印　　刷　漾格科技股份有限公司
初　　版　2020 年 2 月
初版三刷　2022 年 1 月
售　　價　370 元

ISBN 978-957-8544-27-7
Printed in Taiwan.

國家圖書館出版品預行編目 (CIP) 資料

瘋狂樹屋 117 層：超級故事大冒險 / 安迪．格里菲斯 (Andy Griffiths) 作；泰瑞．丹頓 (Terry Denton) 繪；韓書妍譯．-- 初版．-- 臺北市：小麥田出版：家庭傳媒城邦分公司發行，2020.02
面；　公分．--（故事館；74)
譯自：The 117-storey treehouse
ISBN 978-957-8544-27-7(平裝)

887.159　　109000077